DANI BOCAFUEGO

LA SALCHICHA MALDITA

DISCARDS

DANI BOCAFUEGO
LA SALCHICHA MALDITA

POR

URSULA VERNON

novelagráfica

Para Kevin, que cocinó mientras yo pintaba.

Primera edición: octubre de 2011

Diseño de la portada y del interior: Lily Malcom
Realización de la portada: Adriana M. Vila-Abadal
Maquetación: Marquès, SL

Título original inglés: *Curse of the Were-Wiener*

Edición: David Monserrat
Coordinación editorial: Anna Pérez i Mir
Dirección editorial: Iolanda Batallé Prats

«Novela Gráfica» es un sello de la editorial La Galera.

La Galera, SAU Editorial
Josep Pla, 95 – 08019 Barcelona
www.editorial-lagalera.com
lagalera@grec.com

Todos los derechos reservados. Esta edición ha sido publicada con permiso de Dial Books for
Young Readers, una división de Penguin Young Readers Group, del Grupo Penguin (USA) Inc.

Impreso en Tallers Gràfics Soler - Enric Morera, 15 - 08950 Esplugues de Llobregat
Depósito Legal: B. 29.983-2011
Impreso en la UE
ISBN: 978-84-246-3597-8

DANI EL VALIENTE AVANZÓ POR ENTRE LOS
OSCUROS Y TENEBROSOS BOSQUES.

A LOS ÁRBOLES LES PASABA ALGO MALO,
PERO DANI NO SABÍA QUÉ ERA.

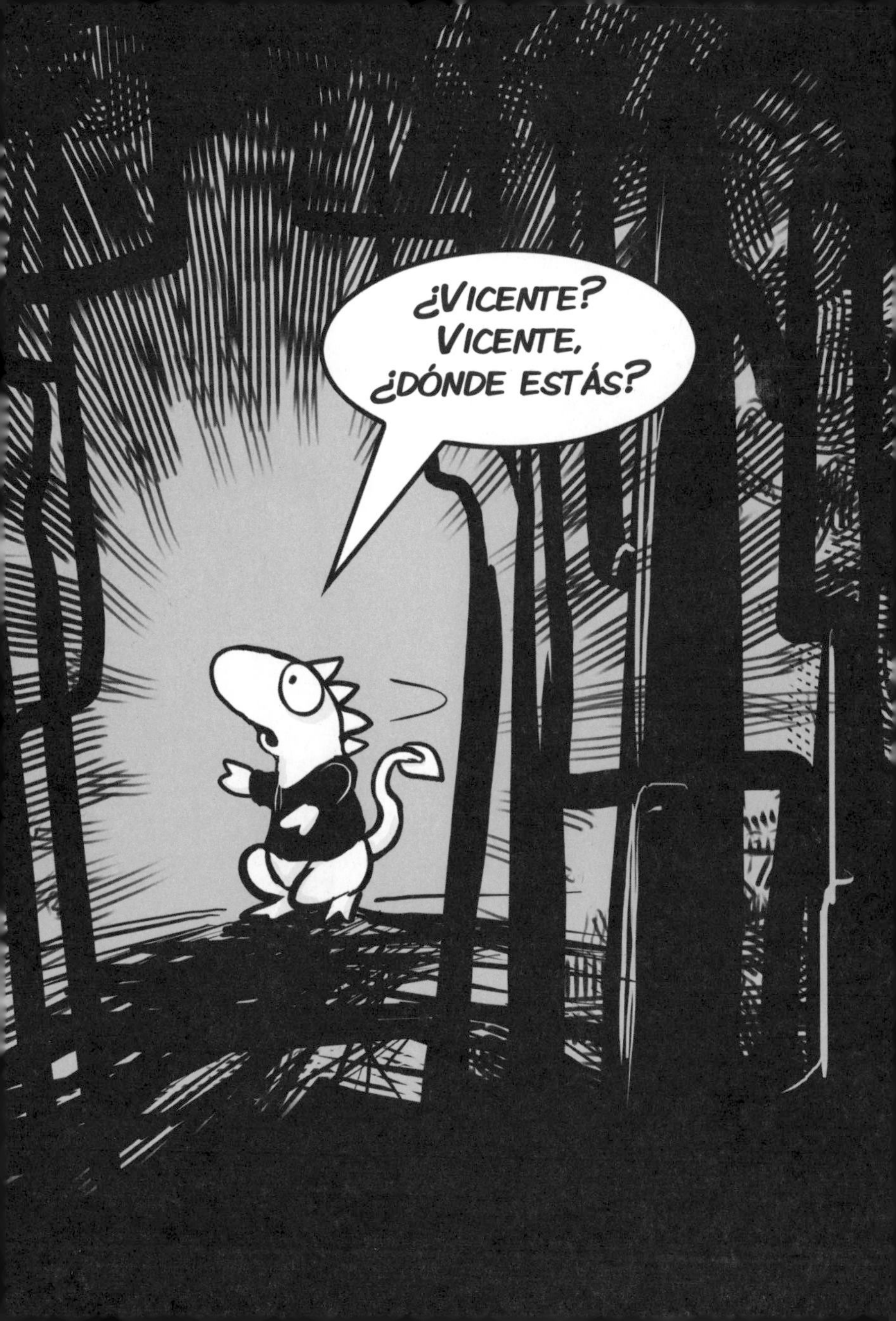
¿VICENTE? VICENTE, ¿DÓNDE ESTÁS?

A VICENTE TAMBIÉN LE PASABA ALGO MALO.

PREMONICIÓN
(SEA LO QUE SEA ESO)

—¿Qué te pasa? —preguntó Vicente, el mejor amigo de Dani, mientras lo agitaba.

Dani Bocafuego despertó sobresaltado.

—¿Eeeh? ¿Qué? —Miró a su amigo iguana y parpadeó—. ¿Vicente?

—Te has dormido en el autobús —dijo Vicente, recostándose en el respaldo—. Empezaste a agitar los brazos y a decir mi nombre. Suerte que te he despertado antes de que te haya oído nadie. Caray, qué vergüenza.

Dani se pasó la mano por el cuello y la posó sobre su barriga. Había tenido una especie de pesadilla, algo relacionado con la luna y con Vicente.

También recordaba un bosque que daba miedo. No miedo del divertido, del de Halloween, sino miedo de verdad, del oscuro y que no hace ninguna gracia.

No conseguía recordar qué pasaba en el bosque. Pero sabía que, fuera lo que fuera, era algo malo.

Miró por la ventana. Era un día gris, pero aún no había llovido. Por supuesto, Vicente se había traído el paraguas igualmente. Se lo había comprado su madre, y tenía dibujado un mapa del mundo. En casa de Vicente también tenían cortinillas de baño con un mapa del sistema solar, y salvamanteles con la tabla periódica de los elementos. La madre de Vicente era así.

—¿Y bien? —dijo Vicente, dándole golpecitos con el paraguas.

—He tenido una pesadilla muy rara —dijo Dani. Vicente no dijo nada—. Salías tú. Estábamos en un bosque oscuro, y algo iba mal.

Vicente siguió sin decir nada durante un minuto, y después preguntó:

—¿Y? ¿Eso es todo?

—¿Cómo? —exclamó Dani, a la defensiva—. ¡Era superterrorífico!

Aunque él mismo se dio cuenta de que, dicho así en voz alta, mucho miedo no daba.

YA SABES LO QUE PASA CON LOS SUEÑOS. A VECES EXPLICADOS NO SUENAN MUY TERRORÍFICOS, PERO LO SON. ESTE ERA UNO DE ESOS.

¿¡QUÉ PASA!?

Vicente se llevó las manos a la cintura.

—Así que daba miedo. ¿Eso es todo? ¿No me vas a contar una de esas historias tan complicadas con monstruos y arenas movedizas y rayos, en que se tiene que atravesar ríos de lava ardiente saltando sobre las cabezas de insectos del tamaño de vacas, con pinzas hechas de cuchillos gigantes de cocina?

—Bueno, no —dijo Dani—... ¡aunque sería guapísimo! Especialmente lo de los insectos gigantes. ¡No sabía que tuvieras tanta imaginación! ¿Qué crees que comerán los bichos de la lava?

—Gente —contestó Vicente—. No, espera... les sería demasiado difícil comer gente todo el rato si viviesen en la lava. Supongo que tendrían que sobrevivir a base de comer alguna clase de roca.

—Pero sí se comerían a la gente cuando pillaran a alguno —dijo Dani, agitando los brazos—. ¡Es como el helado! Seguro que si vivieses en la lava y comieses piedras todo el día, la gente te resultaría deliciosa y refrescante. Y diferente gente tendría diferentes sabores: dragón picante, iguana de vainilla, salamandra de chocolate...

El autobús llegó al cole, interrumpiendo más especulaciones sobre la vida y milagros del gran insecto de la lava. Dani ya se sentía mejor, ¡y es que los bichos de la lava son mucho más interesantes que los sueños inconcretos sobre bosques y Vicente!

Sin embargo, seguía sintiendo una especie de incomodidad enterrada en el fondo de su cabeza, como los papeles viejos que había en el suelo de su taquilla. Pero era un sentimiento fácil de ignorar. Dani había oído mencionar la palabra «premonición», pero creía que era el nombre de una pieza del motor de un coche. Vicente sí sabía lo que quería decir la palabra, pero no creía en las premoniciones.

DÍA DEL CÓMIC GRATIS

UN EXTRAÑO FRANKFURT

La cola del comedor llegaba casi hasta la puerta, cosa muy normal. Los frankfurts que tenían eran grandes y rojo brillante, cosa nada normal. Dani tocó su comida unas cuantas veces y creyó ver cómo esta se movía.

—A los frankfurts les pasa algo raro —dijo a Vicente.

—¿Qué tienen de raro? —preguntó Vicente, que se traía la comida de casa. Su sándwich de carne estaba cortado en triángulos perfectos, cortesía de su madre. Dani habría apostado a que la fiambrera de su amigo contenía una servilleta bien dobladita, posiblemente con un mapa del sistema solar.

—Echa un vistazo. ¿No te parece que tiene un color poco natural?

—Bueno, es un frankfurt —dijo Vicente, pero echó igualmente un vistazo a la comida de Dani. Se levantó las gafas y cogió la salchicha con cuidado—. Tienes razón; no es el color normal de los frankfurts.

Se lo devolvió a Dani.

—Parece como... de sangre —dijo este.

—Pues a mí me parece más un rojo manzana de caramel... ¡OH! —dijo Vicente.

—¿Qué? ¿Qué?

Vicente apartó la mano del frankfurt y se metió el dedo en la boca.

—¡Aaay! —exclamó.

—¿Estás bien?

¡CREO QUE ME HA MORDIDO!

Dani pensó en ello. Por un lado, los frankfurts no acostumbran a morder. Por otro lado, Vicente no tenía lo que el señor Morros, su profesor, llamaba «una personalidad dada a la fantasía» (en cambio, sí lo decía a menudo de Dani, normalmente en notas dirigidas a sus padres).

Tampoco hubiera sido la primera vez que la comida del colegio se rebelara. Ya había habido un curioso incidente aquella primavera.

—¿Recuerdas la ensalada de patata?

—¿La que mordió al Gran Nacho? —asintió Vicente—. Claro. Aunque creía que se había escapado por la alcantarilla.

—Sí. Y, además, todo el mundo sabe que la ensalada de patata y los frankfurts son enemigos mortales —dijo Dani.

—Tienes suerte de que me duela demasiado como para preguntarte cómo sabes eso.

—Déjame verte la mano.

Dani echó un vistazo a la herida. Se veía bien claro un semicírculo de pequeñas marcas rojas, cada una con una pequeña gota de sangre.

—¡Caramba, pues parece que te ha mordido de verdad!

—¿Voy a la enfermería? —se preguntó Vicente, preocupado—. ¿Qué pasa si cojo una de esas horribles enfermedades de transmisión salchichera?

—La fiebre del frankfurt —dijo Dani muy serio, tocándose la nariz—. Mata a miles de personas cada año. El gobierno lo oculta.

—Creo que guardo algunas tiritas en mi taquilla...
—Vicente miró desconfiado al frankfurt, que ahora estaba quieto—. ¿Vas a comerte eso?

—¿Después de que te haya mordido? —reflexionó Dani—. No sé. Es como... como si fuera canibalismo indirecto.

Lo cogió con una mano.

—¿Qué vas a...?

—Ya verás.

El Gran Nacho, un dragón de Komodo, era el matón de la clase. No tardó ni un minuto en llegar hasta donde estaba Dani y cogerle el frankfurt.

—Gracias, bocaburro —dijo, con una sonrisita.

—Oh, no, me has cogido la comida, para —recitó Dani sin ninguna convicción.

Por un momento, el Gran Nacho puso cara de confusión, pero al final decidió dar una palmadita en el cogote a Dani y largarse al trote.

¿CREES QUE TU INFANCIA VA A AFECTAR A TU VIDA ADULTA?

¿ESTÁS DE BROMA? ¡CUENTO CON ELLO!

Pues sí, Vicente tenía tiritas en su taquilla: tres cajas enteras. Dani miró alucinado por encima del hombro de su amigo.

—¿Eso que llevan las tiritas es la tabla periódica?

—Las compra mamá —dijo Vicente con un suspiro. Se pegó el peso atómico del cromo en la herida.

—Tu madre tiene problemas.

—No tienes ni idea...

LA TRANSFORMACIÓN

Cuando se despertó al día siguiente, Dani se sentía un poco raro. No se encontraba mal exactamente, ni estaba sobresaltado como el día anterior en el autobús; solo... raro.

Bajó a desayunar y vio a su madre dormida ante su taza de café. El padre de Dani estaba de viaje de negocios, y a su madre no le iban mucho las mañanas.

Se le ocurrió que preparar tostadas era una buena idea. Puso unas rebanadas de pan en la tostadora.

—Zzz... zzz...

Las tostadas se estaban tomando su tiempo en saltar. Dani se llevó la mano al cuello. Algo no iba bien del todo. Su madre estaba sentada en una punta de la mesa, con las garras alrededor de una taza de café, como si estuviera medio muerta.

—¿Estás...? —Se detuvo. No estaba seguro de qué quería preguntarle—. ¿Va todo bien?

Algo en su voz debió de alertarla. Abrió un ojo e hizo un esfuerzo por enfocar la vista en su hijo.

—Bieeen... Ya sabes... cómo son... las mañanas.

Mojó la lengua en el café.

Dani pensó que ojalá estuviese allí su padre, preparando el desayuno: el bacon y los huevos le habrían ayudado mucho a olvidarse de su pesadilla. Podía contársela a su madre, y ella seguramente haría un esfuerzo por despertarse y escuchar, pero no sabía qué decirle. «He tenido una pesadilla y me ha dado miedo pero no recuerdo de qué» sonaba muy poco concreto, por no decir que bastante infantil.

Tras una pequeña eternidad, las tostadas saltaron. Dani las untó de mantequilla mientras pensaba. ¿Cómo que otra pesadilla? ¡Si ni siquiera recordaba haber soñado!

—¿Estás bien? —preguntó su madre, haciendo un gran esfuerzo por despertar.

Dani hizo que sí con la cabeza y después se encogió de hombros.

—Sí, es solo que... no sé. ¿Sabes que algunas mañanas uno se despierta sintiéndose raro?

—Eso es cada mañana —murmuró la señora Bocafuego, hundiéndose aún más en su silla, con el café entre las manos.

Normalmente, a Dani le gustaba caminar hasta la parada del autobús, pero era un día muy, muy, muy gris; eso le dejó en un estado de ánimo muy, muy, muy gris... más de lo que su alegría natural podía combatir. El cielo no se decidía sobre si hacer llover o no. Caían gotas ocasionales sobre la cabeza de Dani y sobre la acera, pero no las suficientes como para justificar que sacara el paraguas.

Solo caen gotas, decidió. Él también se sentía como si le cayeran gotas, pero en el alma, además de sobre la cabeza.

Tras unos diez minutos, empezó a caer algo más parecido a la lluvia de verdad. Dani decidió dejar de hacerse el tío duro y rebuscó en su mochila, a ver si encontraba el paraguas.

Cuando lo cogió, vio que un lado estaba roto, y recordó que era por aquella vez en que Vicente y él jugaron a combate de paraguazos. A pesar del roto, impedía que le diera el agua en la cabeza.

Vicente ya estaba en la parada del autobús, recostado contra la señal. Parecía en aún peor estado de lo normal... lo que, tratándose de él, era decir mucho. La mayoría de iguanas no tienen caras muy alegres, pero Vicente parecía pensar que si se ponía triste por anticipado las cosas le irían mejor.

Ni siquiera miró a Dani cuando este se acercó a él.

—¿Vicente? ¿Qué pasa, tío?

Dani pasó una mano por delante de la cara de su amigo.

—¿Vicente?

—Ah, eres tú —Vicente retorció un poco las tiras de su mochila—. Hola.

No es que Dani esperara ser recibido como un rey esa mañana —Vicente no era de los que se echaban a cantar y bailar de repente... ¡eso hubiera sido curioso de ver!—, pero aquello era como para preocuparse.

—¿Estás bien?

—Tengo... tengo un problema —dijo Vicente.

Dani abrió la boca para decirle que tenía bastantes más de un problema, y la mayoría de ellos eran mentales. Pero la expresión en la cara de la iguana le hizo contenerse.

—¿Ah, sí?

Vicente miró nervioso a su alrededor. Bajó la voz, aunque no había nadie más en la parada del autobús.

—¿Me prometes que no se lo contarás a nadie?

—Palabra de dragón.

Vicente suspiró, se dio la vuelta y se levantó la camiseta.

—¡Vicente!

Sin querer, Dani se llevó una mano a la boca.

—¡Baja la voz! —dijo con rabia su amigo, y se volvió a bajar la camiseta a toda velocidad.

—¡No! ¡Somos reptiles, como todo el mundo! —Vicente se cruzó de brazos, con gesto desafiante y triste a la vez—. ¡Y mira la mordedura de la salchicha!

Dani se echó hacia adelante para verla bien.

—Oh, vaya...

La herida estaba hinchada, como una picadura de mosquito. Pero lo más importante es que estaba toda rojo brillante. No rojo de infectada, sino un rojo antinatural, como de manzana de caramelo... Era un tono que resultaba familiar a Dani.

—¡Vicente! ¡Tío, es del mismo color que el frankfurt!

—¡Ya lo sé! —dijo Vicente.

—¿Se lo has contado a tu madre?

—Sí. Llamó a un médico, que dijo que es normal que una picadura de insecto se ponga un poco roja. No sabe nada del frankfurt, así que cree que ha sido un bicho.

Vicente escondió la mano en la axila, por debajo de la camiseta.

—¿Y te duele?

—No. Pero pica bastante.

—Aquí está pasando algo raro —dijo Dani, que no pudo evitar emocionarse un poco—, y vamos a llegar al fondo del asunto.

—Yo lo que quiero es llegar al hospital —dijo Vicente.

El dragón se llevó las manos a las caderas:

—¿Y decir qué? Nunca se creerían que es una picadura de salchicha.

LO SÉ, LO SÉ. ¿ALGUNA SUGERENCIA?

¡NO TE PREOCUPES!

¡TENGO UN PLAN!

SEÑORAS EN LA COCINA

—Es un desastre de plan —dijo
Vicente.

—¡Es un plan genial! —dijo Dani—.
¿Es que no te van las aventuras?

—Dejaron de irme en cuanto
construiste aquella catapulta.

—¡Era una catapulta
genial!

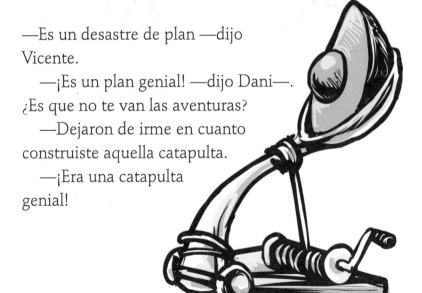

Vicente se dio cuenta de que su versión del Incidente de la Catapulta de Aguacates no iba a triunfar mucho, así que volvió a su queja original:

—Tampoco me has dicho cómo vamos a entrar en el comedor para examinar las salchichas. ¡No dejan entrar a los niños, y la señora Colatiesa va a echarnos a patadas!

La señora Colatiesa era una salamandra gruesa y maternal que siempre llevaba una redecilla en la cabeza, aunque no tenía ni un pelo. Gobernaba el comedor con puño de hierro envuelto en un guante de goma.

—Esa es la parte más inteligente y astuta de mi plan —dijo Dani con una risita triunfal.

Vicente suspiró ruidosamente y puso la misma cara que un niño que sabe que le espera la vacuna del tétanos.

—¿Y bien?

—Tú trabajas en la revista de la escuela, ¿no?

Vicente se cruzó de brazos.

—No me gusta el rumbo que está tomando esta conversación.

—¡Venga ya! Vas al comedor. Te pones en plan seductor. Le dices a la señora Colatiesa que vas a hacer un reportaje sobre la comida, y que quieres hacer fotos de las encantadoras cocineras del comedor.

NO VOY A SACAR LA CÁMARA PARA ESO. LA REVISTA DEL COLE ES SAGRADA.

¡PUEDES USAR TUS PODERES DE SUPER-EMPOLLÓN PARA HACER EL BIEN, EN VEZ DE PARA... EJEM... EMPOLLAR!

Vicente hizo que no con la cabeza.

Dani jugó su última carta:

—¿Es que quieres tener que afeitarte la espalda durante el resto de tu vida?

VALE. PERO ME NIEGO A USAR LA CÁMARA.

SÓLO NECESITO ECHAR UN VISTAZO EN EL CONGELADOR. COMO SI QUIERES DISTRAERLA BAILANDO.

Dani se escondió tras la puerta mientras su amigo hablaba con la señora Colatiesa; había que reconocer que, cuando Vicente se decidía, ponía toda la carne en el asador.

—Así que —acabó Vicente— estábamos pensando en hacer un pequeño artículo sobre la gente que nos da de comer cada día. ¡Los chefs de la escuela! ¡Los que consiguen que todo esto funcione!

Levantó los dedos en ángulo recto, haciendo como si fuesen una cámara y mirase por ella.

—Pensaba que, si me permite entrar en la cocina, va a darme grandes ideas... Y una vez me hayan aprobado el artículo, volveré para hacer las fotos de verdad.

Dani soltó un bufido. De haber dicho eso él, lo hubieran echado tan rápido que le saldría humo por la cola. Pero, claro, tratándose de Vicente...

—Suena bien —dijo la señora Colatiesa, tocándose presumida la redecilla del pelo—. Ven conmigo.

Vicente miró hacia donde estaba Dani y le guiñó un ojo. Siguió a la salamandra a la cocina y dejó la puerta abierta tras de sí.

—Gracias, señora Colatiesa. ¿Le importaría contestar a unas pocas preguntas? Por ejemplo, ¿de dónde saca esas recetas geniales? ¡Las tostadas con queso de la semana pasada eran exquisitas!

Sus voces se fueron alejando. Dani esperó un momento y asomó la cabeza por la puerta.

Vicente había conducido a la señora Colatiesa al otro lado de la sala.

—Quédese aquí un momento —dijo, y volvió a hacer el gesto de mirar por una cámara—. Me imagino una foto con usted tras aquella mesa, quizás con un cucharón en la mano, o una espátula...

Dani pasó por la puerta y cruzó la sala a toda ve-

locidad. Llegó a un pasillo corto, al final del cual había un congelador enorme, frío y plateado... y cerrado a cal y canto.

—En fin —susurró Dani—, quien quiere pescar tiene que mojarse el culo.

Era uno de los dichos preferidos de su madre. Cuando lo decía, su padre enseguida contestaba que qué pasa si no se tienen ganas de pescar, aunque esto último no le servía de mucho a Dani en ese momento.

Abrió el congelador intentando no hacer ruido, y se sobresaltó con el chillido del pomo y el «pop» al abrirse la goma aislante. Entreabrió la puerta lo justo como para meterse dentro y la cerró tras de sí.

La luz se apagó.

Dani hizo un ruido que, por suerte, Vicente no estaba ahí para oír. No era que tuviera miedo ni nada, claro. Es que fue algo... inesperado. Sorprendente. Y frío. Sí, debía de ser por el frío que se le había escapado ese ruido.

Llegó a tientas hasta la pared y palpó en busca del interruptor de la luz. Sus manos se toparon con frías estanterías metálicas y bolsas de plástico heladas.

Hacía muchísimo frío.

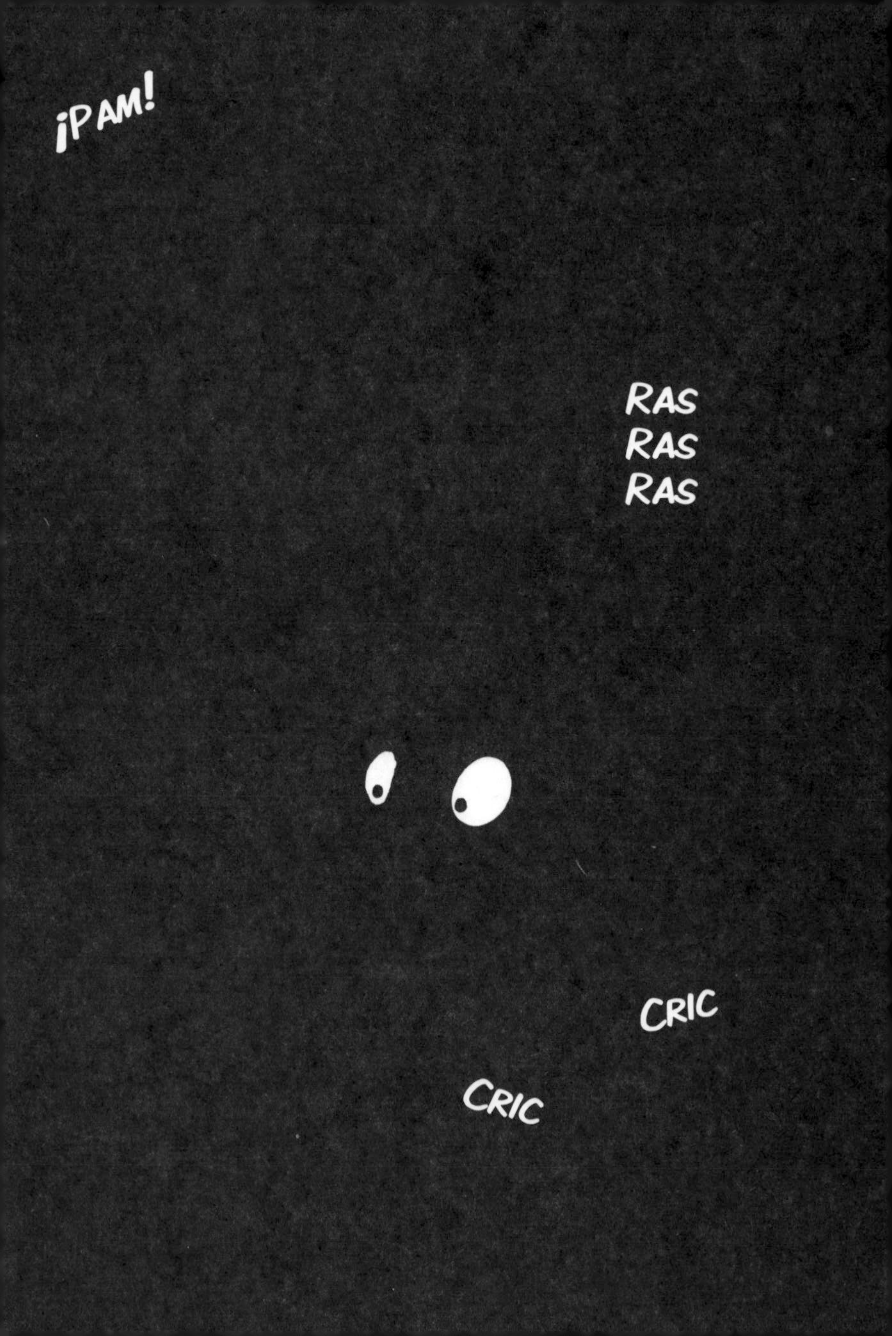
¡PAM!
RAS
RAS
RAS
CRIC
CRIC

Por fin, sus dedos dieron con el interruptor y encendió la luz. Estaba rodeado de estanterías de metal repletas de cajas y bolsas. Se puso a leer las etiquetas de las cajas, buscando dónde estaban los frankfurts, mientras le salían nubes de vapor de la boca. Esperaba que no estuvieran al fondo de todo. Su metabolismo draconiano acostumbraba a mantenerle bien caliente —apenas necesitaba llevar suéters en invierno—, pero dentro del congelador uno se... congelaba. Además, en cualquier momento podía aparecer alguien de la cocina. Suspiró, y entre el vapor le salió también un poco de humo.

Cuando encontró por fin las cajas, a Dani le dieron ganas de pegarse una patada a sí mismo: estaban justo frente a él. ¡A fin de cuentas, el día anterior habían servido frankfurts!

La caja decía con letras bien grandes: «FRANK-FURTS DE CALIDAD DUDOSA — 400 UNIDADES».

No es que eso ayudase mucho. Dani fue al otro lado de las cajas y se arrodilló para leer las etiquetas traseras. Quizás encontrase algo en ellas: ingredientes, avisos sobre salud... cualquier cosa que pudiese contar luego a Vicente.

Pero en la parte trasera de la caja no había ningún texto. Dani se mordisqueó el labio inferior. Quizás hubiese más cajas por ahí...

La puerta del congelador se abrió.

—No sé, no sé, Mabel —dijo una de las cocineras mientras entraba en el congelador—, creí que había otra bolsa ahí.

Se dio media vuelta y empezó a resoplar:

—Siempre hay alguien que se olvida de apagar la luz.

Dani se encogió en un ovillo tan pequeño como pudo, tras las cajas, y no se atrevió ni a respirar, por miedo a que su aliento congelado lo delatase.

—Ensalada de col, ensalada de col... —murmuraba la mujer mientras examinaba las estanterías—, ¿dónde estará la ensalada de col? A ver si voy a tener que registrarlo todo...

«Por favor, dese prisa», rogó Dani en silencio, y notó cómo el pecho le empezaba a arder de tanto contener el aliento.

—¡Ajá!

Cogió una bolsa, que hizo un ruido asqueroso como de succión al ser levantada. Dani no sabía que la ensalada de col viene en bolsas. Desde luego, oír a coles haciendo ruidos de succión no era lo más agradable del mundo.

La mujer abrió la puerta y, sin ni siquiera mirar en dirección a Dani, apagó la luz y salió.

Dani respiró y se sintió un poco mareado.

Intentó llegar a tientas hasta el interruptor de la luz, pero por el camino tropezó con una pila de cajas. Oyó el ruido del cartón al abrirse, y algo frío y duro rodó

hasta sus pies. Al tacto era justo como Dani se había imaginado que sería un frankfurt congelado. Dani suspiró. Ahora sí llegó hasta el interruptor.

Había cajas tiradas por el suelo. La que él había pisado se había abierto y había caído un paquete de salchichas.

Recogió el paquete. No decía «Frankfurts de calidad dudosa», sino algo muy diferente.

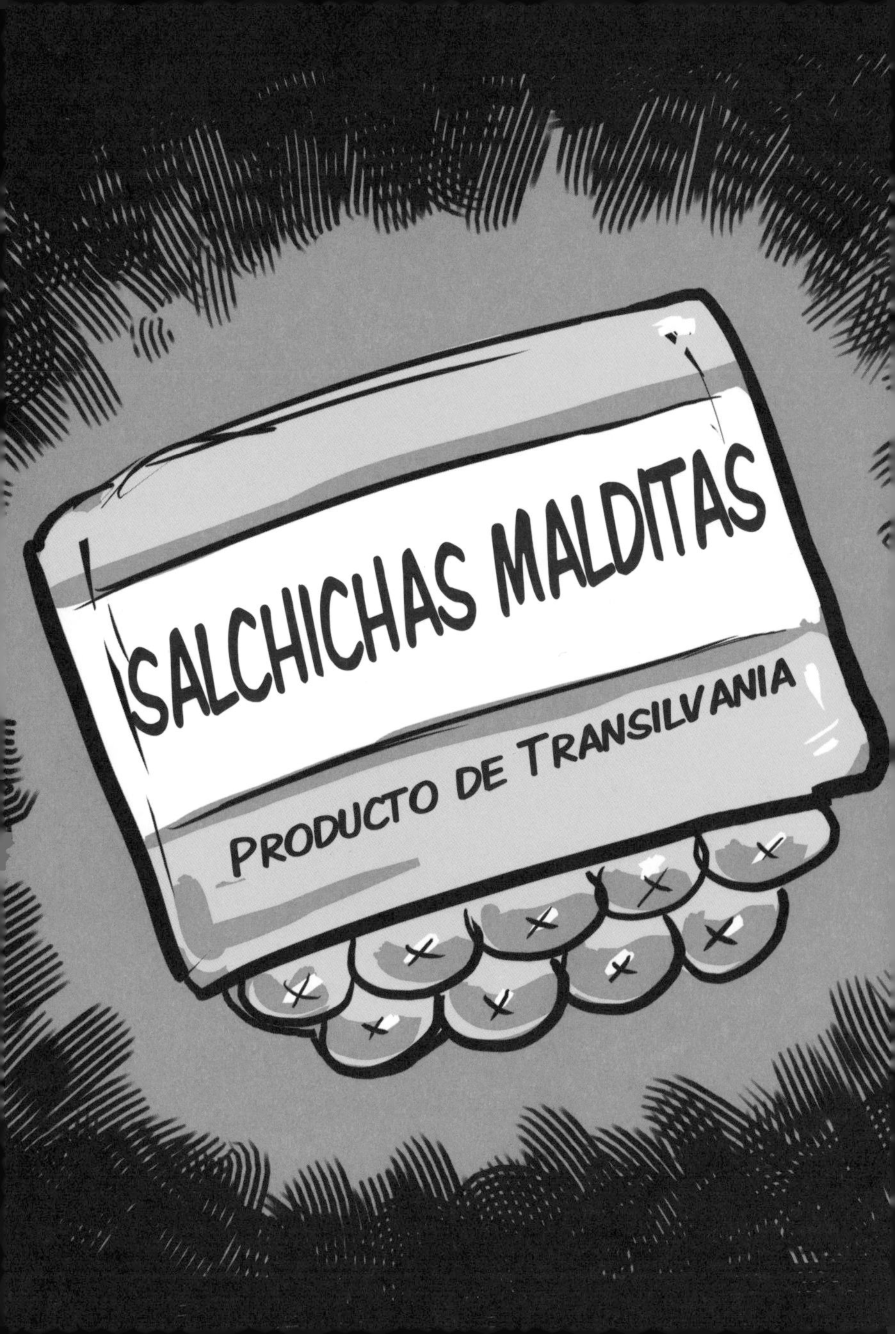
SALCHICHAS MALDITAS
PRODUCTO DE TRANSILVANIA

CARNE FRESCA

—Salchichas malditas —dijo Vicente, pensativo, mientras daba la vuelta a los envases.

—Tío, estaba muerto de miedo de que me pillaran. Tuve suerte de que nadie me viera.

Dani pensó que Vicente no estaba haciendo suficientes comentarios elogiosos sobre su heroísmo.

DE TRANSILVANIA.

ESO DICE.

SIEMPRE HE SOSPECHADO QUE EL COLE NO DEDICA UN PRESUPUESTO MUY ABULTADO A LA ALIMENTACIÓN.

NO TENGO NI IDEA DE QUÉ ESTÁS HABLANDO.

—Salchichas malditas —volvió a susurrar Vicente, rascándose los pelos de la espalda—. ¿Qué quiere decir eso? ¿Voy a convertirme en un frankfurt gigante en las noches de luna llena o algo así?

—¡Eso sería una pasada!

Vicente miró fijo a Dani.

—¡Imagínate! ¡Luna llena! «Un rayo de luz entra por la ventana. La iguana está sentada en su habitación. Todo parece normal. Se la ve tranquila. ¡Pero entonces, de repente, sin aviso...!»

Dani empezó a mover los brazos. Algunos estudiantes miraron quién era ese dragón que se agitaba de forma tan ridícula; vieron que era Dani, pusieron cara de «tenía que ser él» y volvieron a lo suyo.

¡EL CAMBIO!

VAGAS POR LA OSCURIDAD, UNA CRIATURA DE LA NOCHE VÍCTIMA DE UNA INSACIABLE SED DE...

CATCHUP.

—Ah. Bueno —pensó Dani—... Supongo que no es lo mismo que ser un hombre-lobo, ¿no? Para empezar, sin piernas...

—Tenemos que indagar este asunto —dijo Vicente, con expresión muy seria, mientras se subía las gafas.

¡POR SUERTE, TENGO UN PLAN!

EL REPTIL LOBO

Dani apenas conseguía contener su decepción.

—¿La biblioteca? ¿Quieres que nos quedemos en el cole después de clases... para ir a la biblioteca?

—Aquí encontraremos toda la información que buscamos.

Vicente fue hacia un ordenador que estaba encendido y empezó a teclear.

Dani, detrás de él, se preguntó si podría escaquearse hasta la sección de ciencia-ficción sin que Vicente se diese cuenta.

Había conseguido alejarse varios pasos y estaba a punto de salir corriendo, cuando su amigo encontró algo, lo anotó en un papel, se levantó y le cortó el paso.

—Vamos. Está en mitología y leyendas.

Dani se alegró un poco. Mitología y leyendas era seguramente la categoría más divertida de la parte de no ficción, después de la de dinosaurios y animales salvajes. Siguió a la iguana por entre las estanterías.

—Hombres-lobo... hombres-lobo —Vicente fue pasando el dedo por una hilera de libros—. Aquí está.

Sacó tres libros y dio uno a Dani.

Miró el tomo, que se llamaba *Mi primer gran libro de licantropía.*

—¿Qué es «licantropía»?

—Hombres-lobo.

—¡Guay!

—Mira a ver si dice algo sobre hombres-salchicha —ordenó Vicente, y se sentó en el suelo.

Dani obedeció.

El libro era fascinante.

—¿Sabías que en África hay hombres-leopardo? —dijo Dani—. ¡Qué pasada!

—Apasionante —dijo Vicente, con el tono de voz de alguien que no está apasionado en lo

más mínimo. Estaba consultando el índice de un gran libro con tapas negras. Dani apenas podía ver nada del interior salvo que estaba lleno de letras; le dio como un temblor y volvió a sus ilustraciones de hombres-leopardo.

—Aquí no dice nada de hombres-salchicha... —dijo Dani un rato después—. La última entrada es «hombres-ballena». ¡Qué fuerte! ¡Hombres-ballena!

—Eso no debe de ser muy cómodo —dijo Vicente.

Dani pensó en ello un momento.

—Bueno, es cierto... habría que tener una piscina muy muy grande...

HOMBRE-BALLENA

ES UNO DE LOS LICÁNTROPOS MÁS RAROS. SE DEDICA A ACECHAR LOS OCÉANOS EN LAS NOCHES DE LUNA LLENA. EN TIERRA ES FÁCILMENTE IDENTIFICABLE POR SU ALIENTO DE KRILL. LOS HOMBRES-BALLENA SOLO PUEDEN SER CAZADOS CON UN ARPÓN DE PLATA.

—Nada —dijo Vicente, disgustado, cerrando de un golpe las tapas de su libro—. No hay hombres-salchicha por ninguna parte.

—¿Y no se puede curar la lincan... linca... *hombre-lobez* en general?

Vicente negó con la cabeza.

—No si no sabemos más. Es algo muy concreto. Puedes curar a un hombre-lobo con una planta que se llama acónito, pero para curar a un hombre-jaguar tienes que hacerte con su capa de piel de jaguar, que también sirve para los hombres-cisne. Y para curar a un bakeneko —un hombre-gato japonés— tienes que cortarle la cola.

—Ajá. Ya veo el problema.

Cortar la cola a Vicente sonaba muy drástico, y seguro que la madre de este le echaría la culpa a Dani, por muchas tiritas que le pusiera con la tabla periódica de los elementos.

—No encuentro nada que esté ni remotamente relacionado con hombres-salchicha. Lo más cercano que he encontrado es una leyenda según la cual puedes contraer la licantropía si te comes el cerebro de un lobo.

¡VICENTE! ¿YA HAS VUELTO A COMER CEREBRO DE LOBO?

LO SIENTO.

Dani tenía un estómago de hierro, pero la idea de que desde el parvulario había estado comiendo cerebros de lobo en un bocadillo le hizo venir arcadas.

—¡Puajjj!

—Ni que lo digas. —Vicente se mordisqueó una garra.

—¡Pues muy bien! —Dani se puso en pie de un salto—. ¡No vamos a rendirnos! ¡Iremos directos a Transilvania si es necesario!

TELÉFONO DE AYUDA

—¿Cómo que no tenemos ni un solo familiar en Transilvania? —Dani no podía creerlo—. ¿Estás segura, mamá?

La madre de Dani lo miró, pensativa.

—Pues no, no se me ocurre ninguno...

—¿Un primo segundo, una compañera de dormitorio de la universidad? ¡Esto es importante!

Su madre suspiró.

—¿Y de la familia de papá, qué? Él tiene los dientes bien afilados...

—Es que es un dragón, Dani.

—Me temo que no se me ocurre nada, querido. Y ahora, por favor, estoy intentando acabar este artículo...

Dani bajó arrastrando los pies para dar las malas noticias a Vicente.

—Parece que no tenemos ningún familiar por ahí. Lo siento, Vicente; creí... en fin, tenemos familia por todas partes, y eso es Transilvania, que está llena de cosas mitológicas, así que creí que...

—Ah.

Vicente miró sin ninguna emoción a Dani, y después al techo. Un minuto después, se metió una mano bajo la camiseta y empezó a rascarse.

—Bueno, pues así está el asunto. Voy a convertirme en un hombre-frankfurt.

¡NO! ¡NO, SI YO PUEDO EVITARLO!

Dani no pudo soportar la resignación de su amigo.

—Vamos a ir a Transilvania igualmente —dijo—. Estoy seguro de que el autobús llega hasta allá. Encontraremos la granja de frankfurts, o la fábrica, o el rancho o como se llame donde los hacen, y les obligaremos a que nos den una cura.

Dani sacó su arrugado plano del recorrido del autobús y lo repasó:

—Transilvania... Transilvania... vaya, caramba.

Vicente se cubrió la cara con las manos; no estaba seguro de si sentir alivio o desesperación.

—¿Es que no hay autobús hasta Transilvania?

—Uno directo no. Tendremos que hacer transbordo. Bueno, dos transbordos. —Volvió a meterse el plano en el bolsillo—. Hay uno que sale del centro comercial, pero tarda un poco en llegar. Ejem. En realidad, tarda bastante.

Dio una palmadita a Vicente en el hombro.

—Pero no te preocupes, tío. ¡Llegaremos a Transilvania o moriremos en el intento!

—¿Sabes algo sobre Transilvania? —preguntó Vicente, mientras miraba por la ventana y pensaba en su futuro, que incluía afeitarse la espalda.

HAY VAMPIROS. DRÁCULA VIENE DE ALLÍ. SE VE QUE TAMBIÉN HACEN FRANKFURTS MALDITOS.

DEBERÍAMOS VOLVER A LA BIBLIOTECA Y CONSULTARLO.

CLARO, COMO QUE NOS VA A AYUDAR *MUCHO* SABER CUÁNTA LLUVIA CAE AL AÑO O QUE SU PRINCIPAL EXPORTACIÓN SON LAS GALLINAS.

—Quizás haya otra alternativa —dijo Vicente, sacando la bolsa de salchichas malditas. Estaba empezando a descongelarse. Se sacudió de los dedos el líquido, con expresión muy seria, y después dio la vuelta a la bolsa—. Mira, aquí hay una nota...

—¿Una nota?

—Sí. Después de los ingredientes. Dice: «En caso de que falte producto, este esté dañado, o de licantropía, llamar a la Línea de Atención al Consumidor Maldito, 901 666 666».

Dani puso cara de incredulidad.

—¿Quieres que llamemos a su línea de atención?

—Bueno, dice: «en caso de licantropía».

—¿Y qué pasa si es un complot? ¿Qué pasa si es un plan diabólico para esclavizar a los niños del mundo mediante su red infernal de comedores de colegios?

Dani lanzó un bufido: llamar a la empresa no tenía el mismo encanto que asaltar una fábrica en los Cárpatos infestados de vampiros. Aunque también era cierto que él no era quien estaba convirtiéndose en un hombre-frankfurt... lo cual era una lástima, ya que Dani sospechaba que él disfrutaría de ello mucho más que Vicente.

—Vaaale; usaremos el teléfono de la cocina.

Vicente cogió el auricular, miró el número y lo marcó. Dani se puso a su lado para escuchar, pero la iguana se empeñó en ser él quien se encargase de hablar.

—Compañía Frank N. Furt. Le habla Reinaldo.

—Hola —dijo Vicente, tras coger aire—. Llamo por la nota en la bolsa... lo de la licantropía...

Oyó un suspiro desde el otro extremo de la línea.

—Vaya, ¿ha vuelto a pasar? ¿Cuál es el número de serie?

—Emmm... —Vicente dio vueltas a la bolsa hasta que encontró el número estampado debajo; se lo leyó al operador.

Se oyó un ruido en el otro extremo, como si el hombre se hubiese apartado del teléfono, y una voz lejana que decía: «¡Vlad, más salchichas que se han descontrolado!», seguida de una ristra de palabrotas aún más lejanas.

—Gracias por informarnos —dijo Reinaldo tras volver al teléfono—. Puede cortar la punta de la bolsa y enviárnosla por correo, y le devolveremos su dinero, además de darle un vale para probar gratis la nueva Mogollonenwurst de Frank N. Furt, ahora con corazones de alcachofa y queso, ideal para reuniones familiares, fiestas, barbacoas...

—¡No quiero un vale de regalo! —le interrumpió Vicente—. ¡Lo que quiero es una cura!

Hubo una larga pausa.

—Mira, chico, es el vale de regalo o nada —dijo Reinaldo con voz cansada—. No tenemos presupuesto como para ir hasta donde estás y cazar a tu salchicha alfa.

—La jefa de la manada —dijo Reinaldo—. Si matas a la salchicha alfa, el resto de frankfurts pierden sus poderes.

—¿Y a mí me curaría mi licantropía? —preguntó Vicente.

—Así debería ser. —Hubo otra larga pausa, y después Reinaldo añadió—: Mira, los jefes me van a cortar la cabeza por decirte esto, pero no te queda mucho tiempo. El período de incubación para la licantropía es de tres días. Tendrás que encontrar a tu salchicha alfa antes.

—¡Pero si ni siquiera sé dónde está! —dijo Vicente, asustado.

—No les gusta viajar —dijo Reinaldo—. Es porque no tienen patas. Seguramente tendrá una madriguera cerca de donde fue abierta la bolsa.

—¡El comedor del colegio! —exclamó Dani.

—¿Comedor? —Reinaldo sonó preocupado—. Si era una bolsa de las grandes, cualquiera que haya comido una salchicha infectada, o que haya sido mordido por una, podría empezar a cambiar pronto. La salchicha alfa los controla; intentarán protegerla.

—Ya ha pasado un día y medio... —susurró la iguana, horrorizada.

—Entonces no te queda mucho tiempo —dijo Reinaldo.

Dani arrancó el teléfono de los dedos paralizados de Vicente.

—¡Reinaldo! Soy Dani Bocafuego. ¿Cómo podemos matar a la salchicha alfa?

—Con un pincho de plata —contestó este—. También podría funcionar el agua bendita mezclada con mostaza. Pero no podrás acercarte lo suficiente, no tras un día y medio. No sin ayuda. Probablemente ya tenga acólitos.

—Gracias —dijo Dani.

—Buena suerte —respondió Reinaldo y colgó.

Dani también colgó e inmediatamente empezó a trazar un plan.

—Vale: pincho de plata, mostaza y agua bendita. Aunque había otra cosa que le preocupaba.

SALCHICHUNGA

—Un día y medio... —sollozó Vicente, dejándose caer sobre la mesa de la cocina y hundiendo la cabeza entre las manos—. En solo un día y medio seré un hombre-acólito permanentemente peludo bajo el control de la salchicha alfa.

Dani no conseguía entender por qué Vicente era siempre tan negativo. Un día y medio era mucho tiempo, especialmente en la escuela, donde el tiempo siempre avanzaba extralento. En especial, la clase de mates, donde pasaban varios siglos por día. Intentó tranquilizar a su amigo.

Dani se preguntó qué decía eso de su amistad con Vicente: estaba más preocupado por el pez de colores que había ganado hacía años en una feria ambulante que por morder a Dani. Pero, en fin, pensó que, simplemente, la preocupación no dejaba pensar a su amigo.

—Todo irá bien —dijo el dragón con firmeza—. Solo tenemos que acabar con la salchicha alfa. Necesitamos plata.

—Bueno, está la cubertería de plata que nos legó mi abuela... —dijo Vicente

—¿Es plata de verdad?

La iguana se encogió de hombros.

—Mamá siempre la llama «la plata buena», así que supongo que sí. Está en una caja, dentro del armarito de la porcelana.

Y AHORA HAY QUE PENSAR QUÉ HACEMOS CON LOS ACÓLITOS...

—Bien. Ya tenemos por donde empezar.

—Quizás tendríamos que contarlo en la escuela.

Dani dedicó a Vicente la mirada de desprecio que merecía.

—¿De verdad crees que un asunto como este puede confiarse a adultos?

Vicente suspiró.

—No —dijo Dani—. No, tendremos que conseguir

la ayuda del más antiguo enemigo de los frankfurts.

A Vicente le costó, pero por fin lo recordó:

—¿Te refieres a la ensalada de patata?

—La de la pasada primavera. Tiene que seguir en alguna parte de las alcantarillas.

—¿Y por qué iba a ayudarnos?

—¡Porque nosotros la liberamos! —dijo Dani, indignado—. ¿Crees que no puede sentir gratitud solo porque es una ensalada de patata?

—No, pero... ¿Cómo la encontraremos? ¿Qué pasa si está muerta?

—¡No seas ridículo! —dijo Dani mientras iba hacia la puerta—. No se puede matar a una ensalada de patata.

¿Y TÚ CÓMO SABES ESAS COSAS?

—Creo que ya veo el primer problema —dijo Vicente unos minutos más tarde, mientras él y Dani estaban en la acera mirando la boca de la alcantarilla.

—Mmm —dijo Dani, que no estaba dispuesto a admitir la derrota, pero tampoco estaba muy seguro de qué hacer—. Aquí vi a la ensalada de patata...

La abertura a las alcantarillas era un gran rectángulo cortado en la acera, y parecía lo bastante ancho como para que un dragón pequeño o una iguana pudiesen meterse dentro. El problema era la meteorología: había estado lloviendo todo el día, y el agua caía con fuerza por la abertura.

—Igualmente podemos meternos ahí —dijo Dani, no muy convencido—. Supongo que estará húmedo, pero, en fin, yo estoy dispuesto...

Vicente hizo que no con la cabeza.

—Parte de las cloacas estarán seguramente inundadas. Y si vuelve a llover en serio, podríamos ahogarnos ahí abajo.

—Mmm —volvió a decir Dani, decepcionado.

—El hombre del tiempo dice que mañana hará sol —ofreció Vicente.

—Bueno... —dijo Dani lentamente—. Supongo

que, si mañana duermo en tu casa, podríamos meternos ahí por la noche y hacernos con la ensalada de patata, y al día siguiente, en la hora de la comida, podríamos intentar cargarnos a la salchicha alfa. Pero habrán pasado casi exactamente tres días.

Vicente se mordió el labio inferior.

—Tú decides —dijo Dani.

NO ES A MÍ A QUIEN LE ESTÁ SALIENDO PELO.

—No tenemos otra alternativa —dijo por fin la iguana, rascándose el pelo en cuestión—. Lo importante es matar a la salchicha maldita. Incluso si yo ya... si yo he... en fin, que si tú puedes encargarte de la salchicha alfa, Reinaldo dijo que eso lo arreglaría todo.

—Bueno —dijo Dani—; si vamos mañana por la noche, tendremos tiempo de...

PICORES Y RASCADAS

—Tienes muy mala pinta —dijo Dani a Vicente, al día siguiente en el almuerzo.

—Gracias. Me encuentro fatal. —Vicente estaba algo irritado, y le picaba todo bajo la camiseta.

—Tienes los ojos muy rojos, y te has pasado la clase rascándote...

—Sí, sí, ya lo sé. Yo estaba allí, ¿recuerdas? La iguana se encogió sobre su almuerzo y se puso a mirar fijamente su bocadillo.

—Parece que no eres el único —dijo Dani, mientras echaba un vistazo al comedor.

Vicente olvidó por un instante su horror personal y echó otro vistazo a la sala.

Parecía como un brote salvaje de varicela reptil. En cada mesa había alguien rascándose furiosamente. Una de las camaleonas pequeñas estaba sentada tras

una pila de escamas mudadas, y parecía a punto de llorar.

—Esto es malo —dijo Vicente.

—Sí, peor que cuando Cristina Colafina pilló piojos en las escamas e infectó a toda la clase —dijo Dani con ligera admiración.

—No —dijo Vicente—, no lo entiendes. Mira.

Señaló hacia el Gran Nacho, a quien le asomaba una mata de pelo por la camisa, y que se estaba rascando la cabeza como si buscase petróleo.

—¡Ja! ¡Al Gran Nacho le está saliendo pelo! —susurró Dani.

—¡Eso significa que él también va a convertirse en hombre-frankfurt! —contestó Vicente, también en voz baja e irritado—. ¡Todos estos niños van a convertirse en hombres-frankfurt!

—¡Oh, no! —dijo Dani—. Eso significa que la salchicha alfa podrá controlarlos.

—¡Serán todos acólitos! —Vicente se llevó una mano a la boca—. Seremos todos acólitos.

¡NO VOY A PERMITIR QUE ESO TE PASE, NI AUNQUE TENGA QUE MONTAR LA MAYOR QUEMA DE SALCHICHAS DE LA HISTORIA!

—¡Pero si no puedes echar fuego! —dijo Vicente, rascándose desesperado—. Al menos no de manera fiable.

Dani suspiró. Vicente tenía razón. La única vez en que consiguió echar fuego por la boca había sido bajo el agua, luchando contra un calamar gigante. Aparte de unos pocos estornudos particularmente fuertes, desde entonces no había conseguido echar ni una chispa.

—Puedo hacerlo si es necesario —dijo, rogando que fuera verdad.

La clase no se le había hecho nunca tan larga ni tan inútil. Dani se removía sin descanso en su silla. Vicente se rascaba. Nadie se dio cuenta porque la mitad de la clase también se estaba rascando.

Dani se moría de ganas de gritar al señor Morros, su profesor, «¡Esto no sirve para nada!», mientras este se enrollaba sin fin sobre la estratosfera o sumar fracciones o algo así. ¿Es que acaso no veía que toda la clase sufría de licantra... licontra... hombre-lobismo?

Lo único que le frenó de saltar de su silla y decir eso en voz alta —aparte de que era incapaz de pronunciar la palabra, ni siquiera dentro de su cabeza— fue el saber que, si lo hacía, acabaría castigado otra vez. Y esa noche, más que cualquier otra, no podía permitirse llegar tarde, ni que su madre detectase el menor problema. Ella había aceptado que Dani se quedase a dormir en casa de Vicente. Pero, si él llegaba a casa con una nota del profe sobre haber gritado tonterías e interrumpido la clase, quizás su madre volvería a pensárselo.

Se hundió aún más en su silla.

Intentó recuperar la compostura —el señor Morros le estaba dedicando la mirada cansada que venía antes de los gritos— pensando en las cosas que necesitarían en las cloacas. Cuerda. Tenía cuerda, aunque era una masa de nudos. Una linterna. Tenía una linterna. Quizás necesitase un cambio de pilas, pero eso no era problema, tenía docenas de juguetes a control remoto tirados por el suelo de su habitación. ¿Armas? ¿Y qué clase de armas se usan contra una ensalada de patata?

Dani imaginó que podría encontrar algo como un tenedor gigante, pero su madre sospecharía si le veía rebuscar por los cajones de la cocina. Tras el incidente con el cortador de melones, ella había dejado de creerle cuando Dani le decía que fuese lo que fuese lo que estaba haciendo, era total y completamente inofensivo.

Además, la ensalada de patata debía de recordarlos: ellos la habían liberado... más o menos. Seguro que les estaría agradecida.

Si no era así, estarían atrapados en las cloacas con

una ensalada muy enfadada, cosa en la que era mejor no pensar.

Se mordió una garra y miró el reloj, esperanzado.

Quedaba menos de un minuto.

—La tarea para esta noche —dijo el señor Morros— es leer el resto del capítulo diez, que entra en más detalle sobre el tema que hemos estado tratando.

«Fuese el que fuese», pensó Dani.

—Pondré un examen...

Sonó la campana del fin de la clase.

—... así que no olvidéis...

Seguramente el señor Morros tenía más que decir, pero Dani se precipitó hacia la puerta y se largó a toda velocidad.

NOCHE EN CASA DE VICENTE

—¿Seguro que no necesitáis nada, chicos?

—Estamos bien, mamá —dijo Vicente, con voz cansada.

—¿No necesitáis más cosas para picar?

—No, mamá.

—¿Tenéis los dos bastante cacao caliente?

—Sí, mamá.

—¿Y os acordaréis de lavaros los dientes?

—Sí, mamá.

—Muy bien. —Dio un beso a Vicente, cosa que él soportó sin quejarse, y saludó con la mano a Dani—. ¡Buenas noches, chicos!

Años de aventuras nocturnas habían enseñado a Dani que la casa de Vicente era el mejor lugar del que escaparse. Aunque la madre de este se preocupaba por cualquier cosa, les preguntaba cómo estaban cada quince minutos e insistía en poner bien las almohadas a Vicente y comprobar las sábanas, también se iba a la cama a las nueve y dormía como un tronco.

La madre de Dani, en cambio, no tenía problemas en dejarlos solos, pero se quedaba despierta hasta más de las doce y acostumbraba a notar los fuertes ruidos producto de —por escoger un ejemplo total y completamente al azar— un pequeño dragón y una iguana que salen por la ventana de un segundo piso, trepan a un árbol y salen por la verja trasera. Vivir con Dani había agudizado el oído de su madre.

—¿Cómo te sientes? —preguntó Dani, una vez que la madre de Vicente se hubo ido por fin.

—Me pica todo —dijo él—. Aparte de eso, creo que estoy bien.

Los dos se pusieron la ropa.

¿PREPARADO PARA EXPLORAR LAS CLOACAS, DONDE POCOS HAN ESTADO...

SUPONGO.

... Y AÚN MENOS HAN VUELTO?

LO ESTABA.

Dani sonrió y rebuscó en su mochila.

—Cuerdas de *puenting*... sí —murmuró—. Cerillas... sí. Linterna... sí. Galletas... sí.

Esperaba algún comentario de Vicente sobre su lista, pero, cuando miró hacia él, estaba frente a la ventana con una expresión rara, como ausente.

—¿Vicente?

—La luna —dijo Vicente, como en una ensoñación—. Es luna... llena.

«Como en una ensoñación» no es un estado normal en las iguanas. Dani miró a su amigo, preocupado.

¿Se habían vuelto más largos los dientes de Vicente? ¿Le estaba saliendo más pelo? No es que nunca hubiese andado muy erguido, pero ¿era una joroba lo que le estaba saliendo?

—Casi puedo oírlo...

Dani miró frenéticamente por toda la habitación, en busca de algo con que sacar a Vicente de su estado de ensoñación. Por desgracia, Vicente era un neurótico del orden, y la habitación estaba sobrenaturalmente ordenada. En la habitación de Dani habría habido una docena de objetos bien a mano con los que golpear a sus mejores amigos licántropos: bates de béisbol, raquetas de ping-pong, espadas de plástico, pollos de goma...

El único problema hubiera sido elegir un único objeto.

Pensó brevemente si coger la pecera y verter su contenido sobre la cabeza de Vicente, pero este nunca le perdonaría si le pasaba algo a don Aleta; tenía ese pez de colores desde los cinco años.

—Es tan... bonita... —dijo Vicente con la voz entrecortada.

Dani sacó un libro de una estantería —una de las recopilaciones del cómic *El imperio de las plumas*,

un tomo de tapa blanda pero de lo más gordo, y golpeó a su amigo en la nuca.

¡AAAAAAAAYYYYYY!

¿QUÉ HAS HECHO?

¡BAJA LA VOZ!

SOLO ES QUE...

¿QUE QUÉ?

... ES BONITA.

—Vale —interrumpió Dani, firme—. Tenemos que matar a esa salchicha alfa. Está claro que no tenemos mucho tiempo.

—¿Es que no puedo pensar que algo es bonito? —saltó Vicente—. ¡No significa nada!

Dani le miró fijamente.

—Voy a coger mi linterna —murmuró Vicente.

La ventana del dormitorio de Vicente no tenía un árbol por donde bajar, al estilo de la de Dani, pero sí daba al garaje. Solo había que salir por la ventana y dar la vuelta al tejado. Desde ahí había apenas unos pasos hasta una cañería exterior, clavada a la pared de la casa con listones metálicos que eran casi tan buenos como una escalera.

Dani bajó primero y se tiró contra las azaleas de la madre de Vicente, y ahí esperó impaciente mientras este bajaba, muy lentamente, los ojos cerrados con fuerza.

Corrieron hasta la entrada de la casa. Dani se movía de una sombra a otra, escondiéndose tras plantas y arbustos. Vicente caminaba arrastrando los pies por la acera, a plena vista.

—Hay alguien mirando —dijo la iguana mientras Dani se ocultaba tras un cubo de basura.

—¡Igual son ninjas!

—Hace meses que no se ven ninjas por aquí.

Llegaron hasta la boca de la alcantarilla al final de la calle sin ser atacados por ninjas o vistos por adultos, y miraron dentro. Dani encendió la linterna y dirigió el haz de luz a la abertura.

—Bien —dijo—, aquí estamos.

Un coche giró al final de la calle, y tanto la iguana como el dragón se ocultaron rápidamente tras un enebro. Las luces del vehículo bañaron su escondite, haciendo que las hojas negras se volvieran brevemente verdes, hasta que el coche se alejó. Cuando ya no oyeron el ruido del motor, volvieron a la acera.

—Mejor que nos demos prisa —dijo Dani.

Vicente resopló. Quería decir: «¿Estás seguro?», o quizás: «¿Es necesario hacerlo?».

Pero se trataba de Dani, y Dani siempre estaba seguro, incluso cuando estaba completamente equivocado. Vicente se rascó la espalda. Claramente, el pelaje iba extendiéndose. Los pequeños pelos entre escamas se habían vuelto una mata grande como la palma de su mano. Y la luna... casi levantó la cabeza para mirarla, pero de repente volvió la mirada a la acera. Mirar la luna era malo. Mirar la luna hacía que todo el resto del mundo pareciera desdibujado y plateado. Sentía los dientes extrañamente fríos en la boca y, cuando se pasó la lengua delicadamente sobre estos, le parecieron más largos que antes.

—Aguántame la mochila —dijo Dani, y se metió, con los pies por delante, en la oscura boca de la alcantarilla.

Desapareció. Vicente se sobresaltó.

Un segundo más tarde, Dani llamó desde dentro.

—Todo bien. Tírame las mochilas.

«Ya está liada», pensó Vicente, lanzando las mochilas y guardando las gafas en un bolsillo. El agujero se volvió una mancha negra, cosa que no ayudaba mucho.

—¡Vamos! —susurró Dani.

No había nada bajo sus pies y su cola, y la boca le rascó la parte trasera de la cabeza. Se mantuvo un momento colgado de sus garras, sin estar seguro de la altura de la caída. Quizás seguiría cayendo durante toda la eternidad. O quizás las bocas daban a un con-

ducto sin fondo al que iba a parar el agua de la cloaca, y caería tanto que llegaría al centro de la Tierra...

—Son unos quince centímetros —dijo Dani, justo detrás de él.

Vicente suspiró y se soltó.

ABAJO, ABAJO, ABAJO

La alcantarilla tenía una placa metálica de rejilla en vez de suelo de verdad, y estaba llena de hojas muertas, viejas bolsas de plástico, envoltorios de chicle y otras cosas que a Dani no le apetecía intentar identificar. El dragón pasó el haz de luz brevemente por la rejilla, y después a ambos lados de esta. Un tubo de cañería gigante, que hacía de pasadizo, se perdía en la oscuridad.

—¿Hacia dónde vamos? —susurró Vicente.

—No estoy seguro.

Dani dirigió la luz a la pared y vio que había algo escrito.

—¿Quién crees que ha escrito eso? —preguntó.

—Trabajadores de las cloacas, supongo —dijo Vicente, y se subió las gafas por el morro—. Creo que el desagüe principal nos llevará más cerca de las partes más importantes de la cloaca. ¿A dónde crees que habrá ido la ensalada de patata?

Dani se concentró, intentando pensar en lo que haría él si fuese una ensalada de patata. No resultaba fácil.

—Supongo que habrá querido ir a donde pueda juntar más porquería —dijo finalmente—. En fin... crecer un poco. Probemos con el desagüe principal.

Los conductos no eran lo bastante anchos para dos personas, así que caminaron en fila india, con Dani delante. Pasaron por debajo de una tapa de alcantarilla, un pequeño cuartillo de cemento con escaleras de metal soldadas a la pared. La sala estaba cubierta de pintadas, la mayoría con palabras que hubiesen sobresaltado a la madre de Vicente.

¿CÓMO SE PUEDE ESCRIBIR MAL ESO? ¡SI SOLO SON CUATRO LETRAS!

Llevaban unos diez minutos caminando cuando el suelo se transformó en una serie de escalones enormes de cemento, cada uno con un bordillo más hundido que el anterior. En ellos se había formado una gruesa capa de basura inidentificable, sobre la cual Dani y Vicente caminaron chapoteando.

—Puajjj...

—He visto cosas peores —dijo Dani, saltando hasta el siguiente bordillo, que hizo un ruido que parecía el de algo muy grande que se estuviera relamiendo.

¿Y DÓNDE PUEDES HABER VISTO TÚ COSAS PEORES?

¿RECUERDAS EL DÍA DE LA «SORPRESA DE HÍGADO» EN EL COMEDOR?

El conducto dio a una sala mucho más grande. Abajo había una especie de pasillo metálico sobre un canal de agua muy oscura. De las juntas de las cañerías salían pequeños hilos de un líquido poco apetecible. El aire era cálido y húmedo, como en la piscina del gimnasio.

El olor era increíble.

Dani y Vicente se detuvieron, intentando ambos, sin decirlo, acostumbrarse al tufo, como una mezcla de viejos calcetines de gimnasia y basura caliente. En comparación, entrar en un lavabo después de que lo hubiera usado el Gran Nacho era como caminar entre flores y pan acabado de hacer.

Finalmente lo dejaron. No se trataba tanto de acostumbrarse al olor sino de rendirse a este. Una vez que a Dani le dejaron de llorar los ojos y Vicente dejó de ponerse a limpiar las gafas cada pocos segundos, bajaron el resto del camino hasta el suelo de cemento.

—¡Es como el nivel de las cloacas del Dark Summons! —dijo Dani, entusiasmado—. Creo que he jugado unas cuarenta veces a eso.

—¿Alguna vez ganaste? —preguntó Vicente.

—No. La última pelea gansa es casi imposible: te lanza cabras en llamas. En fin, quiero decir, ¡cabras en llamas! ¿Hay algo más brutal?

Vicente sabía que era un sentimiento irracional, pero hubiera preferido que Dani se hubiese pasado el juego, a pesar de las cabras en llamas.

—Creo que ese es el desagüe principal —dijo la iguana, cambiando de tema—. ¿Y ahora a dónde vamos?

—Sigamos el pasadizo —dijo Dani. Quizás no hubiera podido ganar el juego, pero lo que sí sabía es que casi todos los caminos llevan a alguna parte.

Siguieron el pasadizo. El agua al lado de ellos arrastraba una marea de cosas, algunas reconocibles y otras no.

Unos treinta metros más adelante el pasadizo torcía a un lado, donde una segunda cámara gigantesca daba a la primera. Dani y Vicente se detuvieron en la esquina, mirando impresionados la enorme cascada de agua.

SUPONGO QUE DEBERÍAMOS GIRAR AQUÍ.

O ESO, O CRUZAR NADANDO.

Ya que la idea de nadar no parecía apasionar a nadie, siguieron el pasadizo.

—Creo que veo una luz allá adelante —dijo Dani.

—¿Una luz? ¿Aquí abajo? —Vicente se cogió la cola con las manos—. Esto no me gusta. ¿Qué razón de ser tiene que haya una luz?

—Ni idea, pero ahí tienes una.

Dani apagó la linterna y sumió a ambos en una oscuridad repentina. A Vicente se le escapó un gritito, que se alejó en el eco de los túneles como si fuera un ratón asustado.

¡NO VEO NADA!

Pero, unos segundos después, Dani sí vio algo: una luz que flotaba en el agua, en la distancia.

—Eso parece... supongo... ¿Cómo has podido verla?

—Los dragones tenemos muy buena vista.

Siguieron caminando. La luz se fue haciendo más y más brillante, y entonces el corredor acabó, dando a una plataforma en una intersección de cañerías. La luz brillaba redonda a través de un agujero en el techo.

Era la luna. La luna llena.

A Dani le entró un temblor frío, y se le pusieron las escamas de punta.

¡Era eso! Eso era su sueño. Lo que había creído que eran árboles no lo eran para nada, sino que eran las oscuras manchas de agua que se filtraban por las cañerías, hasta llegar al suelo y dibujar formas como ramas y raíces. Ahí estaba también la luna, reflejada como una burbuja de mercurio entre el agua agitada y sucia.

Y Vicente...

—¿Oyes eso? —preguntó la iguana detrás de Dani, con una voz que no parecía la suya propia.

—¿Que si oigo qué? —preguntó Dani, y miró hacia atrás como si intuyera que algo malo iba a suceder.

—La luna...

—susurró la iguana—. Puedo oírla... cantar...

Tras sus gruesas gafas, los ojos de Vicente se habían vuelto de un rojo brillante.

—¿Vicente?

Su amigo emitió un sonido nada natural viniendo de la garganta de un reptil. A Dani le llevó un momento darse cuenta de que Vicente se había puesto a aullar.

Dani pensó en la situación. Su amigo se estaba transformando en uno de los acólitos de la salchicha maldita. Si estuviesen en una película de terror o en un videojuego, sería el momento en que Dani tendría que matarlo para salvarse él, o si no convertirse él mismo en acólito.

Claro que, por otra parte, se trataba de Vicente.

La iguana dio un paso adelante mientras seguía aullando.

—¡Vicente!

Este abrió la boca y mostró unos dientes afilados de lado a lado. Tenía ocho, como de habitual, pero eran de tres centímetros de largo cada uno. Su mandíbula parecía una trampa para osos.

Dani sopesó sus opciones, se agachó y echó a la cara de Vicente un puñado de agua de alcantarilla.

PUES NO SÉ... ¿A QUE ESTABAS A PUNTO DE MORDERME, POR EJEMPLO?

¿Q-QUIÉN, YO?

TE ME ESTABAS PONIENDO UN POCO ACÓLITO, TÍO.

—Yo... ah... vaya... —Vicente se retorció la cola con las manos—. Lo siento.

Dani suspiró. Los ojos de Vicente ya no estaban rojos, y eso era lo importante.

—No pasa nada. Intenta no volver a hacerlo y vamos a que te curen.

SU PATATITAD

Por desgracia, eso era más fácil de decir que de hacer. El pasadizo había acabado, y la única opción era volver atrás y... posiblemente... tener que nadar.

Dani esperaba con todo su corazón no tener que hacer esto último. Meter a Vicente en el agua sería casi imposible, y a él mismo la idea no le hacía mucha ilusión precisamente. El agua olía tan mal que hasta llamarla «agua» era muy optimista.

Pues sí, era una rata. Era grande y ágil y más larga que un brazo de Dani. Se quedó mirando con cuidado a la pareja, no como a una amenaza sino más bien como a un par de pájaros poco habituales que se hubieran posado en su jardín.

—Igual puede ayudarnos —dijo Dani.

—¡Pero si es una rata! —dijo Vicente.

—Las ratas son muy inteligentes —replicó Dani. Le hizo «hola» con un brazo.

La rata no devolvió el saludo, pero sí se levantó y se quedó parada sobre sus patas traseras, como esperando a ver qué pasaría.

—Estamos buscando a un viejo amigo nuestro. Una, ejem, ensalada de patata. —Dani intentó hacer un gesto que indicara una forma grande y no muy lisa—. Creemos que vive por aquí.

—¿Estás esperando a que te conteste? —preguntó Vicente.

—No seas tonto —dijo Dani—; las ratas no hablan.

La rata se volvió y salió disparada por el negro conducto.

¿QUIÉN ES EL TONTO?

—Tú espérate —dijo Dani, haciéndole un gesto con la mano.

La rata volvió a aparecer, hizo un gruñido impaciente y salió disparada otra vez por el conducto. Su expresión indicaba claramente: «Bueno, ¿venís o qué?».

Seguir a la rata resultó un poco complicado. Dani tuvo que trepar y dejarse caer al conducto, y después coger a Vicente cuando este hizo lo propio. Una vez dentro, tuvieron que caminar en cuclillas.

—Al menos no tenemos que nadar —dijo Vicente.

La rata seguía corriendo delante de ellos, aunque se detenía con frecuencia para mirarlos y dedicarles unos chillidos apremiantes.

—¿Crees que nos estará llevando de verdad hasta donde sea que esté la ensalada de patata? —preguntó Vicente, preocupado.

—Por supuesto —dijo Dani—. Estas cosas pasan

a cada rato. Es totalmente mitológico. Los héroes siguen a su guía animal, lo que les lleva a vivir increíbles aventuras.

—¿En serio?

—Le pasó a mi primo. Estuvo siguiendo a un pavo real blanco durante tres días.

—¿Y a dónde le llevó?

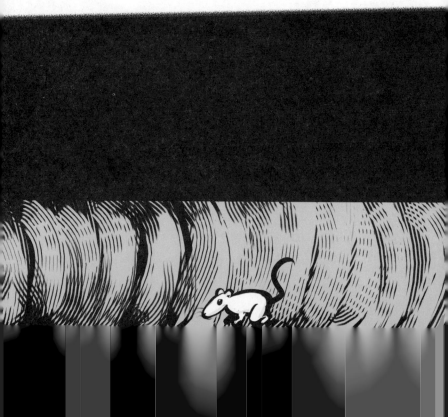

—Al centro comercial —admitió Dani—. Pero encontró un chollo de tele de plasma, así que todo fue de maravilla.

—Ah, las leyendas clásicas... —susurró Vicente.

—¿Qué?

—Nada, nada...

El conducto les llevó a otro más grande, en el que se metió la rata. Los dos la siguieron.

Unos minutos después llegaron a una sala mayor. La rata saltó ágilmente desde la boca del conducto hasta un pasadizo cercano, y Dani y Vicente fueron también hacia allá, aunque menos ágilmente.

El pasadizo recorría los lados de la sala circular, que estaba abierta en el centro y de la que no se veía el fondo.

La rata corrió al otro lado, hasta una pequeña puerta. Ante ella se encontraba otra rata.

La primera rata señaló con una pata hacia Dani y Vicente y chilló.

Siempre es un poco desagradable que la gente hable de ti como si no estuvieras presente. Y es aún más desagradable cuando quienes lo hacen son un par de pequeños roedores. Dani y Vicente se quedaron parados donde estaban, disimulando su incomodidad.

La segunda rata se apartó. La primera rata —aquella a la que Dani consideraba «su» rata— dio un chillido que pareció de alegría y atravesó la puerta corriendo.

—¿Qué pasa? —murmuró Vicente.

—No lo sé, no hablo rata —dijo Dani—. Pero creo que la otra rata es una guarda, y la nuestra acaba de decirle que tú y yo venimos como amigos.

Entraron por la puerta, siguiendo a su guía. Al pasar al lado de la rata guardiana, Dani la saludó educadamente con la cabeza. Ella le miró fijamente con sus ojos pequeños y negros, soltó un bufido tamaño rata y miró a otro lado.

Su rata les condujo a un laberinto de túneles, girando a izquierda y a derecha a tal velocidad que a Dani le costó mucho mantenerla dentro del círculo de luz de la linterna.

—Estoy totalmente perdido —se quejó Vicente.

—Yo también —admitió Dani—. Pero estoy seguro de que, cuando acabemos, la rata nos va a acompañar a la salida.

—Y si no lo hace, ¿qué?

—Todo irá bien, Vicente.

Dani se alegró de comprobar que el estar convirtiéndose en un hombre-salchicha no afectaba la capacidad de su mejor amigo de suspirar muy, muy profundo.

El último túnel era mucho más bajo que el resto. Dani y Vicente tuvieron que ponerse de rodillas y arrastrarse para atravesarlo.

—Frena un poco —rogó Vicente.

La rata miró atrás y les chilló un momento, pero esperó.

El pasillo bajo solo duró unas cuantas vueltas, cosa que a Dani le pareció muy bien. Vicente estaba tan arrimado a él que no podía evitar ir pisando la cola del animal.

—¡Vicente! ¡Cuidado con la cola!

—¡Lo siento —dijo Vicente—, pero por aquí está muy oscuro!

—Hay una luz más adelante —dijo Dani.

La rata se detuvo en la boca de la cañería. Dani llegó poco después y miró, levantando la cabeza.

—Oh...

—¿Qué pasa? —protestó Vicente—. ¿Qué?

La guarida de la ensalada de patata era una gran sala circular, llena hasta los topes de basura y residuos. Había sillas rotas, viejos cartones de huevos, monopatines abandonados, escobas tiradas. Había plumeros, papeleras, nubecillas de polvo y aspiradoras de mano rotas. Dani no podía ver las paredes, de tanta basura como las tapaban.

Por todas partes había ratas paradas sobre las patas traseras: grandes, pequeñas, blancas y negras, inquietas y tranquilas. La mayoría miraba a los recién llegados.

Su rata bajó de un salto e hizo un gesto con una pata. Dani tragó saliva y se alejó de las tuberías. Sus pies hicieron ruidos húmedos en el cartón casi desintegrado que cubría el suelo.

—¿Qué? ¿Por qué...? ¡Oh!

En la otra punta de la sala, sentada en un trono hecho con basura, se encontraba la enorme figura de la ensalada de patata.

—Es gigantesca... —murmuró Vicente, sin aliento—. ¿Cómo se ha hecho tan grande?

—Bueno... —Dani la miró. Su antiguo primer plato era ahora diez veces mayor que él mismo—. Cuando mamá pela patatas, tira las pieles a la basura. Si en el resto de casas hacen lo mismo, y todos los trocitos de patata acaban aquí abajo...

Como para confirmar esa hipótesis, por un lado de la sala entró otra rata, llevando un trocito de algo blanco en una garra. Trotó hasta la hinchada ensalada de patata y lo metió —¿era un trocito de patata?— en un lado de esta, para después volver a irse corriendo con un chillido de satisfacción.

—Las ratas la alimentan —dijo Dani—. La están criando... o, bueno, la hacen crecer.

—Esto es increíblemente guapo u horriblemente asqueroso —dijo Vicente.

—¿Y por qué no puede ser las dos cosas?

Su rata caminó ceremoniosamente por el pasillo de

basura (todo lo ceremoniosamente que puede una rata). Se detuvo a unos metros del trono de la ensalada de patata, se levantó sobre las patas traseras e hizo una reverencia; emitió un chillido, señaló a Vicente y Dani, y volvió a chillar.

Los dos siguieron a la rata y se detuvieron a bastante distancia del trono. Vicente dijo: «Ummm...». Dani levantó la mano haciendo un saludo.

De la ensalada salió un ruido húmedo como de gárgara, una especie de eructo gigante y pegajoso. La montaña de trocitos de patata se movió hacia adelante. Por toda la sala, docenas de ojillos negros les contemplaban.

¡HOLA! ¿NOS RECUERDAS?

Durante un largo y desagradable momento, Dani creyó haber calculado mal la gratitud de su antiguo almuerzo renegado del cole.

¿Qué pasaría si la ensalada de patata no les recordaba? ¿Les atacarían las ratas? ¿Conseguiría él echar fuego por la boca como para mantenerlas al margen? ¿La salsa tabasco funcionaría con ratas?

Justo entonces, la ensalada de patata soltó un eructo que sonó como de aprobación. La rata emitió un chillido feliz. El resto de las ratas se relajó.

¿LO VES? ¡TE DIJE QUE NOS RECORDARÍA!

—¡Qué alegría verte! ¡Tienes una casa muy chula aquí abajo! —dijo Dani.

Vicente empezó a murmurar algo sobre el olor, pero Dani le pegó una patada en la espinilla. La ensalada de patata volvió a eructar felizmente.

—Bueno, el caso es que hemos venido para pedirte ayuda.

La ensalada de patata emitió un húmedo gruñido. Vicente se llevó un buen susto.

—¡Desde luego! —dijo Dani—. ¡Son de lo más desagradable! Además de que, como todo el mundo sabe, las ensaladas de patata y los frankfurts sois enemigos ancestrales...

Por toda la sala, las ratas asintieron con la cabeza. Vicente puso cara de incredulidad.

—¿Es que soy la única persona sobre el planeta que no lo sabía?

—... así que, por supuesto, pensamos en ti.

La ensalada de patata hizo unas pensativas gárgaras. Dani se iba esperanzando por momentos.

—La salchicha alfa está escondida en algún lugar cerca del comedor de la escuela —explicó—. Creemos que podemos acabar con ella, tenemos el pincho de plata y todo eso, pero el problema son los acólitos. Casi todos los chicos de la escuela están infectados e intentarán proteger a su líder. Esperábamos que tú pudieras, en fin, ir y mantenerlos a raya.

Una gárgara de duda. La ensalada de patata se movió un poco sobre su trono.

La ensalada de patata no parecía muy convencida. Dani se preguntó si no habría sobreestimado el odio entre las salchichas y las ensaladas.

Vicente dio un paso adelante.

—Ummm... ¿Su Patatidad?

Aunque la ensalada de patata no tenía ojos, su atención se volvió claramente hacia Vicente.

—Uno de los acólitos que nos preocupan es el Gran Nacho, aquel que había intentado comeros. Le mordisteis la mano. ¿Lo recordáis?

Una risotada húmeda y volcánica llenó la sala.

Aparentemente, la ensalada sí recordaba al Gran Nacho.

—Así que, si vos o las ratas nos podéis ayudar a detener al Gran Nacho y a los demás, os estaríamos muy agradecidos.

—¡Bien pensado! —susurró Dani.

Vicente pegó una patada en el suelo.

La ensalada de patata meditó unos instantes, y entonces se... bueno, no se levantó, porque no podía, pero pareció empezar a perder líquido en regueros más verticales. Extendió unos largos bultos como si fueran brazos, y los levantó por encima de su cabeza.

Fuese lo que fuese lo que estaba haciendo, las ratas parecían hipnotizadas. Se movían al ritmo de los eructos. Dani y Vicente se quedaron parados escuchando educadamente, aunque ninguno de los dos pudiera entender qué era lo que decía.

—Quizás esté diciendo: «¡Vamos a aplastar a los acólitos!» —susurró Dani.

—Quizás esté diciendo: «¡Comámonos al dragón y usemos los huesos de la iguana como palillos de dientes!» —susurró Vicente.

La ensalada de patata rugió. De las ratas emergió un chillido victorioso.

Para cuando la ensalada dejó caer sus brazos, su atención estaba enfocada de nuevo en Dani y Vicente.

—Entonces, ¿nos ayudarás? —preguntó Dani.

Un sonido de movimiento de tripas pareció afirmativo. Las ratas hicieron que sí con la cabeza; la guía, muy contenta, se puso a perseguir su propia cola.

—¡Genial! ¡Gracias! Um... ¿así, quedamos mañana a la hora de comer? Es entonces cuando actuaremos nosotros; lo digo por si deseáis, ejem, enviar tropas...

La ensalada de patata hizo un movimiento parecido a asentir y se dejó caer de nuevo sobre su trono.

Las ratas empezaron a abandonar la sala, montones de cuerpecillos peludos metiéndose dentro de cañerías y bajando por desagües.

Su rata guía se sentó sobre las patas traseras, tiró de la camiseta de Dani y los guió hasta la alcantarilla. Parecía que la visita se acababa.

—Creo que ha ido bien —dijo Dani mientras la rata los llevaba de vuelta por los túneles.

—Mañana lo sabremos —dijo Vicente.

¡PELEA DE COMIDA!

La tarde anterior se le había hecho larga a Dani, pero esa mañana era aún mucho peor. No podía concentrarse. ¿Acudirían las ratas en su ayuda? ¿Podrían comunicarse con él?

En el pupitre de al lado, Vicente se rascaba. Se lo veía fatal. Aunque, para ser sincero, Dani diría que él mismo tampoco tenía una pinta maravillosa. No habían salido de las cloacas hasta las tres de la mañana.

Faltaban unos cuantos alumnos. Según parecía, los picores habían alertado a sus padres de que algo no iba bien. En lo que concernía a Dani, mejor así: menos acólitos de los que preocuparse.

Por desgracia, el Gran Nacho no era uno de los que se habían quedado en casa.

Tampoco tenía buen aspecto.

—Y ahora, alumnos —dijo el señor Morros—, sacad el libro de Sociales.

Dani parpadeó. Había dejado los libros en casa para que le cupiera el pincho de plata en la mochila.

—Bocafuego

—dijo Morros—, ¿dónde está tu libro de texto?

—Yo... eh... me lo he olvidado, señor Morros.

—Que Vicente comparta el suyo —dijo el profesor con resignación.

—Alégrate —susurró Dani a su amigo—, ¡sólo queda una hora para la comida!

Vicente parecía enfermo. Se sentía como en la cola del dentista. ¿Qué pasaría si no encontraban a la salchicha alfa? ¿Y si el pincho no funcionaba? ¿Y si el Gran Nacho les lanzaba contra una pared y les hacía atravesarla?

Además, le picaba todo. Era incluso peor que aquella vez en que un mosquito le había picado en el párpado. Le picaba en lugares que no sabía que pudieran picar, entre los dedos del pie y bajo la lengua y detrás de los ojos. Le picaba el cerebro.

Cuando sonó el timbre del almuerzo, Vicente estaba tan hecho polvo que ni siquiera supo reconocerlo.

—¡Venga! —dijo Dani—. ¡Ha llegado la hora!

Vicente se levantó y fue arrastrando los pies como una iguana camino del cadalso. La mochila de Dani sonaba «clanc, clanc» mientras andaban.

Llegaron hasta la cola de la comida y se quedaron como paralizados, con las bandejas en las manos.

—Um... ¿Y ahora qué hacemos? —preguntó Vicente.

—Tenía una cierta esperanza de que las ratas estuvieran por aquí —susurró Dani.

—Pues no están. —Vicente puso una expresión seria—. Tenemos que entrar en la cocina. La salchicha tiene que estar por allá.

—¿Estás seguro?

Vicente se rascó el cuello.

—Creo que sí. Es como si... picara más en esa dirección.

No se había dado cuenta hasta entonces de que pudiera sentir picores en una dirección concreta, y hubiera podido seguir viviendo muy feliz sin saberlo.

—Las cocineras no van a dejarnos entrar así como así —dijo Dani—. Puede que algunas de ellas sean acólitas.

A Vicente no se le había ocurrido que pudieran haber acólitos adultos. Dejó ir un suspiro resignado.

El Gran Nacho atravesó el comedor, a dos mesas de distancia. A Dani se le escapó de repente una sonrisa.

—¡Creo que ya lo tengo!

Cogió su rodaja de pizza. El queso rezumaba una grasa naranja.

Apuntó.

Disparó.

—¡Diana! —gritó Dani.

El Gran Nacho rugió mientras la pizza le resbalaba por la cabeza, y después miró en todas direcciones, buscando a su asaltante. Incapaz de verlo de inmediato, lanzó su propia rodaja de pizza hacia la muchedumbre.

Vicente, viendo en acción el plan de Dani, cogió su cartón abierto de leche y también lo lanzó. Como su puntería era horrorosa, en vez de darle al Gran Nacho le dio en toda la cabeza a un tritón de sexto, que se puso a gritar y a lanzar, a su vez, puñados de patatas fritas.

Los chicos de la Escuela Escama & Garra para Reptiles y Anfibios olvidaron temporalmente sus misteriosos picores, el inexplicado pelo de más y la presencia de figuras de la autoridad. Se alzaron todos como uno respondiendo al más ancestral de los gritos de guerra:

«¡PELEA DE COMIDA!»

Dani estaba tan entusiasmado lanzando comida que casi olvidó de que tenían una misión. Vicente lo agarró por una solapa y lo apartó a un lado.

Las cocineras salieron al fondo del comedor, dispuestas a enzarzarse en la batalla campal. Entre la confusión general, Vicente y Dani pasaron tras ellas y entraron en la cocina.

—¿Y ahora, a dónde vamos? —susurró Dani.

—Um... ejem... a la izquierda, creo, y... ¡Ay! ¡Cómo pica!

Vicente tuvo que detenerse en el centro de la sala y se puso a rascarse furiosamente. Empezaron a caérsele algunas escamas. Dani hizo una solidaria mueca de dolor.

Atravesaron el pasillo, camino de los congeladores. Bueno, Dani al menos lo atravesó. Vicente solo iba deambulando de un lado a otro y rascándose.

—¿Por aquí? —preguntó Dani. Vicente emitió un ruidillo no muy diferente a los de la ensalada de patata.

Siguieron corriendo por el pasillo, mientras aún podían oír de fondo, provinentes del comedor, los gritos y los ruidos de la comida estrellándose contra las paredes.

Dani se detuvo ante el gran congelador industrial donde había encontrado la bolsa de salchichas malditas. Vicente no se paró; se sostenía la cabeza con las manos y parpadeaba como loco, aunque al menos conseguía avanzar dando tumbos. Dani le siguió, preguntándose hacia dónde iba la iguana.

—Por aquí —dijo Vicente casi sin aliento—. Tiene que estar cerca...

Dani recordó haber oído mencionar el gran congelador. ¿Podría ser el hogar de la salchicha alfa?

Eso parecía. Vicente se
había detenido.

—Aquí dentro —dijo,
con los ojos fuertemente
cerrados—. Tiene que es-
tar aquí. ¡Maldición, cómo
pica!

Dani dejó su mochila en
el suelo y rebuscó dentro.
Sacó una especie de tene-
dor enorme, de los de ser-
vir la carne, con brillantes
pinchos.

En el gran congelador
hacía aún más frío que en
el pequeño. Las paredes
estaban cubiertas de cris-
tales de hielo. El aliento de
Dani se quedaba colgado
en el aire como si fuese
una nubecilla de niebla.

Vicente se encontró misteriosamente mejor. Parecía que el frío hacía disminuir los picores. Ya no tenía ganas de rascarse los ojos hasta que se le cayeran. Por desgracia, también sentía algo más, una especie de silbido en su cerebro, algo que se arrastraba por encima y por debajo de los límites del sonido real, por lo que no estaba seguro de si lo estaba oyendo o pensando.

Era un poco como lo que había sentido mirando a la luna.

Dani no sabía qué era lo que había esperado ver —animales gigantes colgando de garfios del techo, quizás—, pero solo había enormes estanterías con cajas y tubos misteriosos más grandes que su torso. «Manteca», decía en grandes letras en uno, y «Aceite vegetal». Otro decía: «Grasa».

—¡Puaj! —hizo Vicente—. Eso no puede ser sano...

—Puedes escribirle una carta de queja al director cuando hayamos salido de aquí. —Dani agitó el tenedor en su mano—. Tenemos salchichas que matar.

—No... puedo... dejarte... hacer eso... bocaburro...
—sonó una voz detrás de él.

Sientiendo un miedo infinito, Dani se volvió.

Vio una gigantesca silueta apoyada contra el marco de la puerta, y que parecía tener músculos hasta en los hombros. El Gran Nacho.

Tenía los ojos de color rojo brillante.

BARBACOA

—Estamos muertos —dijo Vicente.

Dani no le respondió. Había más chicos tras el Gran Nacho, y, peor aún, dos de las cocineras. Todos tenían los ojos rojo brillante.

Las cocineras eran casi peores que el Gran Nacho. Dani odiaba al Gran Nacho; estaba aterrorizado por él, pero, en el fondo, el dragón de Komodo no era más que un niño... un niño tamaño montaña, pero un niño al fin y al cabo. Las cocineras eran adultas, y con las personas adultas no se pelea.

No sabía si debido al miedo o a la emoción, algo ardía en el fondo de la garganta de Dani. Sentía el pecho caluroso y apretado. De sus fosas nasales salía un humo que, allí en el congelador, se mezclaba con la niebla de su aliento. Dani se sintió peligroso.

Nadie retrocedió. De hecho, el Gran Nacho dio un par de pasos adelante. Por lo que parecía, Dani no debía de tener una pinta tan peligrosa como pensaba.

Vicente tragó saliva. Dani hubiese hecho lo mismo, pero la garganta le ardía tanto que creyó que iba a vomitar.

—Voy a partirte en dos, bocaburro —rugió el Gran Nacho.

Dani dio medio paso atrás. Habría ido aún más atrás, pero su espalda topó contra una de las estanterías. El metal era frío contra su piel, y los tubos de grasa y margarina rozaban sus escamas.

El Gran Nacho avanzó. Una de las cocineras iba detrás de él, levantando un gran cucharón. Era la señora Colatiesa. Tenía los ojos del color de la salsa de tomate, y brillaban en la luz mortecina del congelador.

En algún lugar a la izquierda de Dani, Vicente ahogó un chillido de lamento.

Justo entonces, Dani oyó un sonido por encima de él, como de rascar la pared. Apartó la vista del matón y miró al techo.

Una gran rata gris lo miró a él y le dedicó un saludo militar. Dani no podía estar seguro, pero pensó que podía ser la misma que los había conducido por los túneles.

Dani resopló, aliviado de repente. El humo le salió por la boca.

La rata pareció sorprenderse.

El dragón de Komodo, de tanta confusión, tenía las

cejas como hechas un nudo.

—¿Eres...?

Pero, fuera lo que fuera lo que iba a decir, quedó ahogado en un repentino caos de chillidos.

Por fin habían llegado las ratas.

Sus cuerpos grises y peludos atravesaron el pasillo a toda velocidad, subiéndose por las piernas de los acólitos. Los chicos gritaban e intentaban sacarse a las ratas de encima a golpes.

—¿¡Ratas!? —gritó la señora Colatiesa—. ¿¡En mi cocina!?

Se dio la vuelta. Sus ojos seguían siendo rojos, pero Dani sospechó que era más por la ira que por ser una mujer-salchicha. Atravesó la horda de ratas, usando el cucharón como si fuera un palo de golf.

—¡Están por todas partes! —gritó alguien al fondo del pasillo—. ¡Dios mío, están hasta en la sopa!

El Gran Nacho parecía confundido. No era un destacado pensador precisamente, y las cosas estaban sucediendo demasiado rápido. Tenía ratas trepándole por las piernas y los brazos. Puso cara de enfado y, lentamente, levantó una mano del tamaño de una sartén.

La rata que había colgada por encima de la cabeza de Dani se lanzó al aire.

—¡Rata, ten cuidado! —gritó Vicente—. ¡Abajo, Dani!

La rata saltó por encima de Dani y fue a parar a la cabeza del Gran Nacho, que rugió y empezó a darse manotazos, pero la rata era demasiado rápida para él. Se mantuvo sobre la cabeza cogiéndose a las matas de pelo que le habían salido.

Cuando Dani y Vicente vieron por última vez al Gran Nacho, este estaba saliendo del congelador dando tumbos, agitando los brazos e intentando huir. La rata usaba su pelo como si fuera una brida. Los aullidos del Gran Nacho y los chillidos alegres de la rata se fueron perdiendo en la distancia.

Dani miró tras el marco de la puerta. No había nadie en el pasillo, pero pudo ver el asomo de una sombra en la pared: la silueta de una rata muy grande y, sobre ella, una masa deforme e irregular, que se lanzaba al combate.

La ensalada de patata había sido fiel a su palabra (o eructo). Dani y Vicente estaban a solas en el congelador con la salchicha alfa.

SIGUE EL RASTRO

—Vale —dijo Dani—. Vale.

Exhaló una nube de humo. Vicente tosió.

Los dos se dieron la vuelta al oír un ruido que venía del fondo del congelador.

—¿Qué era eso? ¿La salchicha alfa?

—¡Yo qué sé!

Vicente se rascó el cogote y se encogió de hombros.

Dani asió el tenedor y fue cautelosamente hacia el fondo. Vicente lo siguió.

Todo parecía normal y en orden. Las cocineras eran de lo más aseadas. Nada hacía pensar en que hubiera por ahí un frankfurt diabólico de Transilvania.

—¡Ahí! —señaló Vicente—. ¡En el suelo!

Había unas manchas rojas congeladas. Dani se inclinó y tocó una.

—¡Oh, nooo! ¡Es sangre! —lloriqueó Vicente.

NO, ES CATCHUP. ESTAMOS CERCA.

El rastro rojo seguía hasta un rincón oscuro del congelador. Era fácil de seguir; la salchicha no había ni intentado ocultarlo.

Miraron por los rincones.

—¿Está ahí ahora? —preguntó Vicente.

—No lo sé... —Dani se acercó. Agitó el tenedor por la zona—. Debe de estar en algún lugar de por aquí...

Se oyó un gruñido desde el rincón, un sonido profundo, que helaba la sangre. Vicente tragó saliva. Dani dio un paso atrás.

La pila de cajas y tubos empezó a caer, y entonces, poco a poco, una figura roja salió a la superficie.

La salchicha alfa se los quedó mirando.

Dani no esperaba que fuese tan grande. Pensaba que sería del tamaño de un frankfurt, quizás incluso de una de esas salchichas más alargadas que vendían en su colmado, pero no que fuera más alta que él mismo.

Además, tenía dientes. Y bien grandes. De sus fauces caía saliva mezclada con catchup.

Dani levantó su tenedor de plata, que ahora le parecía muy pequeño. Pero, en fin, al menos era de plata.

La salchicha emitió un sonido como el de una serpiente.

—Vicente —dijo Dani, sin apartar la vista del monstruo de carne—, abre mi mochila y saca más cubertería de plata. Tendrás que distraer al bicho ese para que yo pueda clavarle el tenedor.

La salchicha emitió un extraño sonido, como si se estuviera relamiendo. A Dani le llevó un momento darse cuenta de que en realidad estaba riendo.

—¿Vicente?

ME TEMO QUE NO PUEDO HACER ESO, DANI.

—¡No es buen momento para que se te vaya la olla, Vicente!

Dani se alejó un poco de su amigo. Con la salchicha ahí, iba a ser mucho más difícil que antes recuperar a Vicente.

—Está en mi cabeza —dijo Vicente como en un sueño—. Me ordena que te detenga...

—¡No escuches!

Dani intentó acercarse más a la salchicha, pero Vicente estaba entre ellos. Seguro que ganaría a la iguana en una pelea, pero era su mejor amigo y no quería herirlo. Además, había serias posibilidades de que Dani acabara recibiendo un mordisco, y quién sabe qué pasaría entonces.

Vicente intentó atacarlo, aunque muy torpemente. Dani se apartó para esquivar la agresión.

¡VICENTE, NO ME HAGAS ECHARTE FUEGO!

VENGA YA, DANI; NO PODRÍAS NI QUE QUISIERAS.

Dani pensó que, quizás, soltar un par de mamporros a Vicente no fuese tan mala idea después de todo. Pero pensó:

«¡No, no! Recuerda: mejor amigo. Poseído por salchicha. No sabe lo que dice.»

—¿Qué pensaría tu madre? —probó a decir el dragón—. Sabes que nunca te aceptarán en ninguna buena universidad si estás poseído por un frankfurt gigante.

Cosa rara, pero ese comentario pareció resultar verdaderamente efectivo para que Vicente se detuviera. La iguana puso cara de duda. Dani se movió un poco de lado, acercándose a la salchicha, que ondulaba sobre su cabeza como si fuera una cobra gigante.

Le dolía el pecho. Le ardía la garganta. Le salía humo por los agujeros de la nariz, y eso hacía que los ojos se le llenasen de agua.

«Piensa en cosas calientes», le decía siempre su padre. «Enfoca tu chi, convoca la energía del fuego», le había aconsejado su bisabuelo durante la aventura con los ninjas.

Podía hacerlo. Podía echar fuego. Quizás.

Si tan solo consiguiese acercarse lo suficiente...

—Me está diciendo que puede conseguirme una beca —dijo Vicente con palabras muy lentas.

—¡Anda ya! —dijo Dani, y de un manotazo le tiró las gafas.

¡MIS GAFAS!

Dani no necesitó más distracción. Se acercó a la sobresaltada salchicha alfa, tomó aire con tanta fuerza que casi se rompe una costilla, y echó fuego.

La salchicha, malherida, se agitó frenéticamente y envió a Dani rodando por el suelo del congelador. Había humo por todas partes. Olía un poco como a la barbacoa más grande del mundo. La salchicha se inclinó, con el tenedor aún asomando, y empezó a hacerse más pequeña. Su recubrimiento pareció deshincharse, como si fuera un globo. Pronto no quedó nada salvo un charquito de catchup humeante y el brillo del tenedor de plata.

Vicente encontró sus gafas y volvió a ponérselas sobre el morro. Tenían un cristal roto, pero al menos sus ojos ya no eran rojo brillante.

—¿Es eso...? ¿Es que...?

—Creo que se ha consumido —dijo Dani mientras se levantaba y comprobaba si tenía heridas. Mañana tendría morados por todas partes—. ¿Y tú, qué tal?

Vicente sonrió.

—Ya no me pica. Y... —se pasó las manos por las escamas—. ¡Mira!

¡NI UN PELO!

—¡Ha funcionado! —Dani suspiró aliviado y añadió más humo al ambiente ya cargado del congelador—. ¡Eh, yo he echado fuego!

—Pues sí, lo he visto —dijo Vicente.

—Supongo que será mejor largarse de aquí.

Cogió el tenedor y volvió a meterlo en la mochila.

—Sí.

—De repente tengo mucha hambre.

—Yo también.

—Creo que no me apetece un frankfurt.

—Ni soñarlo —dijo Vicente.

—Aunque huele bien —añadió Dani.

—Desde luego.

Cogidos por los hombros, avanzaron dando tumbos hasta la puerta del congelador.

¡CASTIGADO!

Dani no podía sentirse más feliz. Ni las dos semanas de castigo a quedarse después de clase le desanimaron. La salchicha alfa estaba muerta, Vicente volvía a no tener pelo y el resto de chicos también se habían recuperado de sus mordeduras.

Y lo mejor de todo: la escuela había cerrado cinco días enteros, mientras los de Sanidad intentaban averiguar qué había pasado para ser invadida por las ratas. La vida no podía ser mejor.

Dani y Vicente descansaban en la habitación del segundo. El señor Aletas nadaba feliz en círculo dentro de la pecera. Era un día perfecto.

—Espero que la señora Colatiesa no tenga ningún problema —dijo Vicente, algo tristón—. Era muy amable.

Dani levantó la vista al cielo, exasperado. En mitad del más espectacular día de sol, siempre se podía confiar en que Vicente encontraría una nube... preferentemente, una nube maldita o algo así.

IRÁ BIEN, VICENTE. MAMÁ DICE QUE CREEN QUE LAS RATAS SUBIERON DESDE LAS CLOACAS A CAUSA DE LAS LLUVIAS, Y NO HAY NI RASTRO DE LA ENSALADA DE PATATA.

BUENO, NUNCA CREERÍAN LA VERDADERA HISTORIA...

—¿Y qué tal con lo de echar fuego; sigue saliéndote?

—Más o menos —dijo Dani—. Parece que el que haga mucho frío ayuda. Esta mañana he probado a meter la cabeza en el congelador, y he conseguido calentar una bolsa de guisantes.

—¿Crees que el Gran Nacho dejará de robarte el almuerzo?

—No lo sé —Dani se rascó el morro—. Todos los acólitos parecen haber olvidado lo sucedido.

—Pues yo lo recuerdo todo —dijo Vicente—. De verdad que siento haber intentado...

Dani lo interrumpió e hizo un gesto de «déjalo estar» con la mano.

—Vale, pero tampoco hiciste nada, tranqui.

Vicente, aún melancólico, dio unos golpecitos en la pecera del señor Aletas.

—¿Qué quieres hacer hoy? —preguntó Dani, haciendo un esfuerzo por cambiar de tema.

Vicente suspiró.

—No lo sé. Mamá teme que, con la escuela cerrada, se me olvide todo lo aprendido y ya nunca sea capaz de recuperar, y que nunca pueda entrar en una buena universidad y que esté destinado a la mendicidad callejera.

¿QUÉ ES «MENDICIDAD»?

PEDIR, VIVIR BAJO UN PUENTE... ESAS COSAS.

¡POR CIERTO!, ¿HAS ESTADO BAJO EL PUENTE DEL PARQUE?

—No...

—¡Hay palomas y peces y eso! ¡Y alguien ha pintado un mural enorme con *spray* en la parte interior del puente, y solo puedes verlo si estás debajo! ¡Es una pasada!

—¿Ah, sí? ¿En el parque? —Vicente se subió las gafas.

—Y también hay una alcantarilla. ¡Igual vemos a nuestra amiga la rata!

—¿A qué esperamos? —preguntó Vicente.

Oyeron desde fuera la voz de su madre.

—Vicente, cariño, no te olvides de repasar la tabla periódica de los elementos...

Dani y Vicente intercambiaron una mirada.

POR LA VENTANA, ¿NO?

¡YA TARDAS!

Hacía un día espectacular. Sí, claro, dos semanas castigado no iban a resultar nada divertidas, pero eso no pasaría hasta que la escuela volviera a abrir sus puertas, y aún faltaba cinco días. ¡En cinco días podía pasar cualquier cosa!

¡No te pierdas el cuarto libro de Bocafuego! LA CUEVA DEL MURCIÉLAGO GIGANTE